LE TRESOR

DES PIECES RARES OU INEDITES

LA JOURNEE

DES MADRIGAUX

TIRÉ A 352 EXEMPLAIRES :

330 sur papier vergé ;
4 sur papier de Chine ;
8 sur papier de couleur ;
8 sur papier vélin.
2 sur peau de vélin.

PARIS. — IMPRIMÉ CHEZ BONAVENTURE ET DUCESSOIS
55, QUAI DES AUGUSTINS.

LA JOURNÉE
DES
MADRIGAUX

SUIVIE DE LA

GAZETTE DE TENDRE

AVEC LA CARTE DE TENDRE

ET DU

CARNAVAL DES PRÉTIEUSES

INTRODUCTIONS ET NOTES

PAR ÉMILE COLOMBEY.

A PARIS
CHEZ AUG. AUBRY, LIBRAIRE
RUE DAUPHINE, N. 16.

LA JOURNEE

DES MADRIGAUX

AVANT-PROPOS

La *Journée des Madrigaux* a eu presque autant de retentissement que la grande bataille des Uranins et des Jobelins. Le dernier, parmi nous, des écrivains du XVIIe siècle, a donné, dans son histoire si passionnée d'Anne de Bourbon, un tableau détaillé de ce long conflit qui a divisé la cour et la ville, et fait verser des flots d'encre. Les deux sonnets de Voiture et de Benserade, *Uranie* et *Job*, cause innocente de tout ce tapage, étaient d'ailleurs de notoriété publique avant l'apparition du livre de M. Cousin. Au contraire, la JOURNÉE DES MADRIGAUX est restée complétement enfouie dans la poussière des manuscrits de Valentin Conrart. Nombre d'auteurs en parlent, les uns *de visu*, les autres seulement d'ouï-dire. Mais personne n'a songé à en extraire le moindre fragment. Cette page d'histoire littéraire nous a paru trop caractéristique pour demeurer à jamais inconnue : c'est ce qui nous détermine à la publier dans son intégrité.

Avant d'aller plus loin, ouvrons une parenthèse au profit des documents inédits qu'a laissés le premier secrétaire perpétuel de l'Académie et que possède la bibliothèque de l'Arsenal. Ils remplissent dix-huit volumes in-f° et vingt-sept in-4° ; trois de ceux-ci sont détachés et classés à part. L'in-4° est, à peu de chose près, la reproduction identique de l'in-f°. Ce vaste recueil, en partie double, est une sorte de fosse commune où s'entassent pêle-mêle quantité de lambeaux de prose et de poésie, d'une origine plus ou moins illustre. L'éditeur qui dirigerait ses fouilles de ce côté et, après un triage intelligent, entreprendrait une exhumation partielle, rendrait aux lettres un éminent service. Il trouverait là les matériaux de quelques volumes intéressants et d'où peut-être s'échapperaient des lueurs inespérées... Qu'on nous permette de citer un exemple à l'appui de notre dire. Il s'agit de l'austère Mme de Maintenon. Jusqu'à ce jour les défenseurs de la petite-fille d'Agrippa d'Aubigné avaient le droit d'affirmer qu'elle a traversé intacte l'hôtel de la rue des Tournelles [1]; ils pouvaient défier impunément de signaler, dans toute son existence, une seule trace de galanterie. Nul ne relevait le gant. Les pièces de conviction manquaient [2]. Or voici que tout à coup il s'en découvre une dans les papiers de Conrart :

MADRIGAL

Envoyé à M. de Villarceaux, au nom de Mlle [3] de Maintenon, avec des galans [4] pour une course de bague.

Vous devez avoir de la joye
Des faveurs que l'on vous envoye,
Même il vous est permis d'y goûter des appas.
Parlez, montrez, vantez ces légères offrandes,
Mais si l'on vous en fait quelque jour de plus grandes,
Ne vous en vantez pas.

Saint-Simon est-il encore un imposteur ?

A ce défi, Villarceaux répond en gentilhomme pris au dépourvu,— qui n'a pas de poëte sous la main :

Beauté qui les autres surpasse,
Sachez que mes sens sont ravis

---

[1] L'hôtel de Ninon, qui porte le no 18.

[2] Excepté pourtant ce passage d'une lettre de Ninon : « ... Je luy (à Mme de Maintenon) ai presté souvent ma chambre jaune à elle et à Villarceaux. »

[3] « Titre d'honneur qu'on donne aux filles et aux *femmes* des simples gentilshommes, qui est entre la Madame bourgeoise et la Madame de qualité. » Dict. de Furetière.

[4] Nœuds de rubans.

De vous voir avec tant de grace
Me donner de si bons avis :
Et pour votre faveur, ce m'est un si cher gage
Que je découvre à tous l'estime que j'en fays ;
Mais si votre bonté m'obligeoit davantage,
Je périrois plutôt que d'en parler jamais [1].

Maintenant rentrons dans notre sujet. Passons en revue le monde des précieuses, et, pour les définir, empruntons la plume de leur historiographe officieux et officiel : « Ie suis certain, écrit Somaize, que la premiere partie d'vne Pretieuse, est l'esprit, et que, pour porter ce Nom, il est absolument necessaire qu'vne personne en ait, ou affecte de paroistre en avoir, ou du moins qu'elle soit persuadée qu'elle en a. Si l'esprit leur est absolument necessaire, de tout temps on a veu des filles et des femmes spirituelles ; qu'on ne me vienne donc pas conter toutes ces chimeres, que les Pretieuses sont des filles qui ne se veulent point marier, qu'il faut qu'elles soient âgées de quarante-cinq ans, qu'elles soient laides, et cent autres choses de cette nature, que l'erreur du vulgaire a produites, avec aussi peu de raison que de fondement. Ie sçay bien que l'on me demandera si toutes les femmes d'esprit sont Pretieuses? Ie réponds à cette

[1] Manuscrits de Conrart, in-4°, t. XVIII, p. 21.

demande que non, et que ce sont seulement celles qui se meslent d'écrire, ou de corriger ce que les autres escrivent, celles qui font leur principal de la lecture de Romans, et sur tout celles qui inuentent des façons de parler bizarres par leur nouueauté, et extraordinaires dans leurs significations. I'adjoûteray à cela qu'il faut encor qu'elles soient connuës de ces Messieurs que l'on appelle Autheurs, et qu'il seroit malaisé, ou mesme impossible de parler d'elles, sans les y mesler... [1] »

Après l'apologie, la critique : « Ces fausses délicates, dit Saint-Évremont, ont ôté à l'Amour ce qu'il a de plus naturel, pensant lui donner quelque chose de plus précieux. Elles ont tiré une passion toute sensible du cœur à l'esprit, et converti des mouvemens en idées. Cet épurement si grand a eu son principe d'un dégoût honnête de la sensualité ; mais elles ne se sont pas moins éloignées de la véritable nature de l'homme que les plus voluptueuses ; car l'Amour est aussi peu de la spéculation de l'entendement, que de la brutalité de l'appétit. Si vous voulez savoir en quoi les Précieuses font consister leur plus grand mérite, je vous dirai que c'est à aimer tendrement leurs amans sans jouissance, et à

[1] Le grand dict. des Pretieuses (1661), t. I, p. 5-7.

jouir solidement de leurs maris avec aversion[1]. »

Ce portrait serait inachevé, s'il n'était suivi du détail de leurs armoiries et du singulier commentaire qui l'accompagne :

« Blazon. Les ieunes Pretieuses portent d'argent semé de pierreries, au chef de gueule à deux langues affrontées. Pour suppots deux Sirennes et en Cimier un Perroquet becqué d'or.

Les anciennes Pretieuses portent escartelé, au premier et quatrième d'Azur au Cœur armé à cru. Au second et troisième de gueule à deux Pies affrontées, et en Cimier un Phenix.

Ce Blazon, comme les autres, a ses explications allégoriques, et de mesme que parmy la Noblesse la couleur de Gueule, ou le Rouge, signifie l'honneur, le sang, etc., de mesme icy les couleurs y ont leur explication : l'argent des jeunes denote la beauté et la blancheur du Tein. Les Pierreries expliquent la richesse des pensées. Le chef de Gueule marque leur amour, et les deux Langues affrontées signifient leurs conversations, où tout le plaisir dépend de la contrariété des sentimens. Les deux Sirennes découvrent deux choses : l'une l'inclination qu'elles ont pour la Musique, qui fait un des plus agreables divertissemens de la vie. L'autre

[1] Œuvres (1739), t. I, 2e part. p. 134.

que les jeunes Dames sont dissimulées : et le Perroquet becqué d'or, qui est en cimier, nous découvre ce qui se connoist par l'expérience, que les femmes parlent de tout, bien qu'elles ne sçachent pas toutes choses; et l'or dont son bec est garny, monstre que par cette delicatesse qui leur est naturelle des choses mesmes qu'elles ne sçavent pas, elles en parlent d'or.

L'azur qui fait le fonds du premier et quatriéme des anciennes Pretieuses, donne à connoistre l'empire qu'elles ont acquis dans les Ruelles. Ce Cœur armé à cru qui est dessus l'Escusson, fait voir qu'elles sont au dessus de toutes les attaques, et que les billets doux, les propos tendres, les soûpirs, ny les larmes, le fer, ny la flame, ne peuvent rien sur elles; et que l'estime est la plus grande grace que l'on puisse en esperer. La couleur de Gueule qui est au second et troisiéme, denote leurs amours passées. Les deux Pies affrontées, dont l'Escusson est chargé, denotent leurs entretiens et conversations, où les vieilles font d'autant plus de bruit que dans cet âge advancé, on les escoute peu. Les Muses qui supportent le tout nous marquent leur sçauoir et leur inclination pour les sciences, et sur tout pour la Poësie. Le Phenix qui est en Cimier, nous apprend, que de la cendre d'vne Pretieuse, il en renaist vne autre.

qu'vn sentiment attire vn sentiment, qu'vne pensée produit vne autre pensée; ainsi de tout ce qui regarde les Pretieuses [1]. »

Elles tenaient leur bureau d'esprit, étendues sur un lit qui ne touchait au mur que par le chevet et qui offrait ainsi trois accès formant autant de ruelles, où se rangeaient les visiteurs. De là le nom de ruelles, donné aux assemblées de ce genre. Chaque précieuse avait à sa dévotion un alcoviste, sorte de cavalier servant chargé des fonctions de maître des cérémonies. Les principaux introducteurs des ruelles étaient Brundesius (l'abbé Bellesbat), Barsinian (l'abbé Du Buisson) et Tiridate III (l'abbé Testu)[2].

Voici le dénombrement des plus considérables d'entre ces réduits, tel que nous le trouvons dans Somaize, sauf la clef que nous avons placée en regard :

La maison de SALMIS.	*Mlle de Sully.*
Celle de SARRAÏDE.	*Mme de Scudéry.*
Celle de SOPHIE.	*Mlle de Scudéry.*
Celle de l'illustre CELIE.	*Mme de Choisy.*
Celle de STRATONICE.	*Mme Scarron.*
Celle de la charmante FELICIANE.	*Mme de La Fayette.*
Celle de l'aimable SOPHRONIE.	*Mme de Sévigné.*
Celle de FELICIE.	*La c^sse de Fiesque.*

[1] Somaize. Le grand Dict., t. I, p. 17-21.

[2] On comptait trois Testu, dont deux abbés

Le Palais de ROZELINDE.	*L'hôtel de Rambouillet.*
La maison de STENOBEE.	*Mme de St-Martin.*
Celle de DALMOTIE.	*Mme Doradou.*
Celle de TIRIDATE, qui est célèbre, parceque toutes les pièces destinées pour le Cirque[1] se lisent chez luy.	*Testu*, chevalier du guet, frere de l'abbé ci-dessus nommé.
Celle de POLENIE.	*Mme Paget.*
Celle de MADONTE, vulgairement appelée *le Palais Nocturne*, pour les raisons qu'on peut lire dans son histoire[2].	*La cesse de Maure.*
Celle de GALAXEE.	*La bnne de la Garde.*
Celle de DORALISE.	*La cesse de La Suze* (Le même pseudonyme était aussi porté par Mlle Robineau, vieille fille aimée de Chapelain.)
Celle de NIDALIE.	*Ninon.*
Celle de l'incomparable VIRGINIE.	*La mse de Vilaine.*
Et celle de CALPURNIE.	*Mme de La Calprenède.*

« Il y en a encore quantité, ajoute naïvement Somaize; mais n'ayant pas iugé à propos de les mettre, ie les ai obmis. » Hélas! que fait Ninon dans cette galère, quand Mme de Sablé en est exclue?

---

1 La Comédie.

2 « ...Elle mène une vie des plus extraordinaires, faisant du iour la nuict, et de la nuict le iour, disnant à cinq heures du soir, et soupant à deux heures après minuit. » Le grand Dict., t. 2, p. 31-32.

Les occupations des précieuses étaient de deux espèces : elles s'appliquaient à la réforme des habits et à la réforme de la langue. C'était des ruelles que sortaient les modes nouvelles et les mots nouveaux. Plusieurs de ces néologismes sont restés. Citons-en quelques-uns : « Je crains de m'encanailler.—Être de dure compréhension. —Mes cheveux sont d'un blond hardi.—Revêtir ses pensées d'expressions nobles et vigoureuses. — La poësie de cet homme est bien châtiée. — Je sais bien ce que je veux dire, mais le mot me manque. — Cet homme-là laisse mourir la conversation. — Dépenser une heure à une chose. »

Mais à côté de ces innovations de bon aloi, que de phrases grotesquement alambiquées ! Prenons au hasard : « Ah ! ma chère, je ne sais pas comment notre chère a pu se résoudre à brutaliser avec un homme purement de chair. —Le complice innocent du mensonge (le bonnet de nuit). — Les braves incommodes (tireurs de laine).—Mitonner les plaisirs. »

En résumé, les précieuses ont souvent mérité, sans doute, l'épithète dont les a gratifiées Molière ; mais, pour être juste, il faut reconnaître le bien qu'elles ont fait. Ajoutons à leur compte les heureuses modifications apportées à l'ancienne orthographe : car ce sont elles qui ont débarrassé la langue des lettres parasites qui la gênaient, et ont substitué ***tête*** à ***teste***, ***auteur*** à ***autheur***, ***méchant*** à ***meschant***, ***éclat*** à ***esclat***, etc.

Au premier rang des précieuses, venait Mlle de Scudéry, cette grande fille, sèche et noire, qui a publié tant et de si longs romans sous le nom de son frère Georges. Elle avait élu domicile au Marais, au coin de la rue de Beauce et de la rue des Oiseaux. La réunion, qui avait lieu chez Mlle de Scudéry[1], s'appelait le SAMEDI, du jour où elle se tenait : il s'y brassait plus de vers que dans toutes les autres ruelles combinées. Pélisson rédigeait le procès-verbal des séances ; c'est dans les CHRONIQUES DU SAMEDY[2] que Conrart a puisé la pièce suivante, comme il l'annonce lui-même.

Émile COLOMBEY.

P.-S. L'archiviste de la réunion-Scudéry nous a transmis la date précise de la *Journée des Madrigaux* : le 20 décembre 1653. Date que Conrart, dans ses souvenirs, a dû marquer d'une pierre blanche, car s'il n'a pas remporté le prix de cette lutte poétique, il eut, du moins, l'honneur d'avoir commencé le feu.

---

[1] Le Samedi se tenait aussi chez Mme Boquet. Voir plus loin, p. 76.

[2] Le Recueil des CHRONIQUES fait partie de la riche bibliothèque de M. Feuillet de Conches.

LA JOURNÉE DES MADRIGAUX

FRAGMENT

TIRÉ DES CHRONIQUES DU SAMEDY [1]

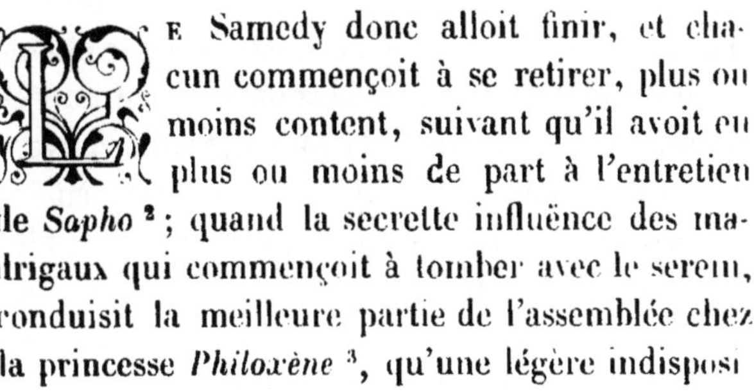

E Samedy donc alloit finir, et chacun commençoit à se retirer, plus ou moins content, suivant qu'il avoit eu plus ou moins de part à l'entretien de *Sapho* [2]; quand la secrette influënce des madrigaux qui commençoit à tomber avec le serein, conduisit la meilleure partie de l'assemblée chez la princesse *Philoxène* [3], qu'une légère indisposi

[1] Mss. de Conrart, t. V, in-f°, p. 91-124.

[2] Mlle de Scudéry.

[3] Mme Aragonais. « Précieuse veufve, âgée de cinquante ans, qui loge au quartier de Leolie (Marais). » Somaize écrivait ceci en 1661.

tion avait retenue ce jour-là dans son palais. *Le Chroniqueur* [1] qui ne donne guère ses regards et son attention qu'aux beautez vivantes, ne vous décrira point icy bien au long tout ce qu'il ne vid luy mesme qu'à demy. La magnificence du palais, la richesse de ses emmeublemens, et les deux merveilleuses statuës de la grande et de la petite Pandore [2] dont les fables disent que chacune des Déesses leur a fait un présent, et qu'elles ont esté habillées de la main des Graces. Ces choses pourtant et surtout les deux statuës que Philoxène, par une libéralité sans exemple, avoit déjà données à *Méliante* [3], arrestèrent durant quelque temps cette belle troupe; mais incontinent après, encore qu'il n'y eût là que des héros et des héroïnes de roman, qui n'ont pas trop accoustumé de se chauffer, il est certain que tout le monde s'assit auprès du feu. Alors commença la plus agréable conversation qu'on sauroit s'imaginer; car Philoxène et *Télamire* [4] faisoient, aussi bien qu'il estoit possible, l'honneur de leur maison; et afin que tout le reste

---

1 Pélisson, surnommé l'*Apollon du Samedy*.

2 Deux poupées de modes, de différente grandeur, et sur lesquelles, entre temps, les précieuses exerçaient leurs doigts inventifs.

3 « M. de Doneville qui envoioit ces poupées à Mme la présidente de la Terrasse, sa sœur. » Note de Conrart.

4 Mme d'Aligre, fille de Mme Aragonais.

de la compagnie fût de belle humeur, *Polyandre*[1] avoit oublié en entrant la négociation et les affaires d'Estat ; le berger *Acante*[2], des choses à la vérité de moindre importance, mais qui ne luy touchoient pas moins au cœur ; Méliante, sa fièvre; *Trasile*[3] ses constantes amours et ses longs voyages; et la divine Sapho, regardant le siècle, la cour, sa propre fortune, comme des choses au dessous d'elle, ne se souvenoit pour estre contente, que de son esprit et de sa vertu. En cet estat, leurs ames estoient, sans doute, bien disposées pour recevoir les inspirations d'Apollon, qui marchant alors, comme elles font d'ordinaire, après la liberté et la joye, n'eurent point de peine à s'en rendre maistresses. Toute la troupe s'en ressentit : tout le palais en fut remply et, s'il est vray ce qu'on en conte, la Poësie passant l'antichambre, les sales, et les garderobes mesme, descendit jusques aux offices[4] ; un escuyer, qui estoit bel esprit, ou qui avoit volonté de l'estre, et qui avoit pris la nou-

---

[1] Sarasin, secrétaire des commandements du prince de Conti, — le spirituel auteur de la *Pompe funèbre de Voiture*.

[2] Pélisson.

[3] Ysarn, l'auteur du *Louis d'Or*, « de qui cecy est dit par ironie, et à cause qu'on lui fait la guerre de son inconstance et qu'on luy a fait rompre plusieurs fois le dessein d'un voyage qu'il vouloit faire en Angleterre. » Conr.

[4] « Il est effectivement vray que la pluspart des valets de la maison firent des vers ce jour-là. » Conr. — C'est sans

velle maladie de la Cour, acheva un sonnet de bouts-rimez [1] sans suër que médiocrement; et un grand laquais fit pour le moins six douzaines de vers burlesques. Mais nos héros et nos héroïnes ne s'attachèrent qu'aux madrigaux; jamais il n'en fut tant fait ni si promptement. A peine celuy-cy venoit-il d'en prononcer un, que celuy-la en sentoit un autre qui luy fourmilloit dans la teste. Icy on récitoit quatre vers, là on en escrivoit douze. Tout s'y faisoit gayement et sans grimace. Personne n'en rongeoit ses ongles, et n'en perdoit le rire ni le parler. Ce n'estoit que défis, que réponses, que répliques, qu'attaques, que ripostes. La plume passoit de main en main, et la main ne pouvoit suffire à l'esprit. On fit des vers pour toutes les dames présentes. J'en say mesme qui pensèrent à *Doralise* [2] quoyqu'absente et peut-estre avec un peu plus d'amitié qu'elle n'en avoit pour

---

doute ce qui a inspiré à Molière l'amusante scène de l'impromptu de Mascarille.

[1] « Quoy qu'on ayt fait autrefois des bouts-rimez, c'est depuis peu que la mode en est revenuë par des bouts-rimez que M. Fouquet, procureur général et surintendant des finances, donna sur la mort d'un perroquet et sur lesquels une infinité de personnes ont travaillé. » Conr.

[2] « Mlle Robineau, qui n'étoit pas en cette compagnie, parce qu'elle avoit des affaires fâcheuses, pour des taxes qu'on avoit mises sur des rentes de M. son père. » Conr.

eux. Ils se contentèrent d'y penser pourtant, ne leur semblant pas que les persécutions que la fortune luy faisoit souffrir en ce temps-là peûssent entrer de bonne grâce en madrigal.

Mais afin que je puisse vous raconter plus exactement ce qui se passa en cet assaut de réputation, et quel en fut le sujet, je me sens icy obligé, à la façon des historiens célèbres, de reprendre la chose d'un peu plus haut.

Vous avez veû, s'il vous en souvient, en un autre endroit de ces Chroniques, qu'un samedy au soir, le généreux *Théodamas* [1] en se retirant donna à Sapho je ne say quoy, enveloppé d'un papier bien parfumé, à la charge qu'elle ne le regarderoit que quand il seroit party [2]. Ce je ne say quoy, comme on le sçeut depuis, estoit un cachet de chrystal, gravé du chiffre de Sapho, et du sien, meslez ensemble. Sapho l'en remercia le lendemain par un admirable madrigal. Ce madrigal attira une épitre fort galante de Théodamas ; l'épitre, un autre madrigal de Sapho, et ce madrigal un autre de Théodamas qui voulut avoir le dernier. Dès lors on commença à comprendre dans le monde qu'un beau madrigal et un beau cachet de chrystal estoient deux choses qui ne rymoyent pas

[1] Conrart.

[2] Voir plus loin, p. 39.

mal, et qui alloient encore mieux l'une avec l'autre. Or, depuis longtemps le sage Théodamas brûloit d'une amoureuse passion pour la belle et vertuëuse Philoxène ; mais d'une passion si discrette qu'elle ne scandalisa personne ; de sorte que le fameux auteur du *Grand-Cyrus*, qui a eu d'ailleurs des mémoires si particuliers et si amples de toutes les autres intrigues du Monde, n'a trouvé rien à dire de celle-cy [1]. Cherchant donc à plaire à sa princesse par toute sorte de soins, grands et petits, il s'avisa de lui envoyer un cachet de même matière que celuy de Sapho, avec le madrigal suivant, la conjurant, comme vous verrez, d'y répondre par un autre.

MADRIGAL DE THÉODAMAS
A PHILOXÈNE.

Vous savez bien que les cachets
Sont les confidents des secrets.
Et puisqu'on dit partout que j'ay grand part aux vostres
Je ne dois pas souffrir que d'autres
Vous donnent de quoy les garder ;
Recevez donc, sans marchander,

---

[1] « Cela veut dire qu'il n'y a nulle intrigue entre ces deux personnes, afin que ceux qui ne les connoissent pas ne se l'imaginent point autrement. » Conr.

Le cachet que je vous envoye,
Et si vous voulez que je croye
Que voix du peuple est voix de Dieu.
Philoxène, donnez-moi lieu,
Par un madrigal favorable,
Écrit de vostre main aymable.
D'espérer qu'il n'est rien de secret et de doux,
Que légitimement je n'obtiene de vous.

Philoxène savoit faire des vers quand il lui plaisoit; mais en cette occasion, elle crut qu'il estoit de la dignité d'une grande princesse, comme elle, de ne répondre que par secrétaire. Elle voulut employer Acante qui se rencontra le premier sur ses pas; il s'en deffendit quelque temps, disant que le prince *Agathyrse* [1] y seroit infiniment plus propre, soit pour la satisfaction de la princesse, soit pour celle de Théodamas. Enfin, pourtant, après une longue contestation, il promit à Philoxène qu'il seroit son pis-aller et que si Agathyrse ne vouloit pas faire de beaux vers pour elle, il essayeroit d'en faire de mauvais. Agathyrse fit le lendemain le madrigal que vous allez voir, non pas pour répondre à celuy de Théodamas, mais tout au contraire, pour s'excuser d'y répondre.

---

[1] De Raincy, fils de Bordier, intendant des finances.

MADRIGAL D'AGATHYRSE
A PHILOXÈNE.

Le présent qu'on vous fait, aymable Philoxène,
Semble vous advertir de garder le secret,
Et vous devez, je croy, vous résoudre sans peine
D'observer un advis si sage et si discret :
Ne confiez donc plus le vostre
A la fidellité d'un autre :
Tel est intéressé qui ne se montre pas :
On est fort rarement à soy-mesme contraire.
Et je pense qu'en pareil cas
Le mieux est toujours de se taire :
Mais si vous souhaittez que sans déguisement,
J'explique vostre sentiment,
Souffrez qu'auparavant j'aprenne à le connoistre :
Quel moyen sans cela de le faire paroistre?
Je n'en pourrois parler que fort douteusement ;
Ainsi, pour bien agir, sans crainte qu'on me blasme,
Laissez-moi pénétrer jusqu'au fond de vostre âme.

Incontinent après, Agathyrse s'enfuit au païs de Neustrie [1], de peur qu'on ne lui en demandât davantage, et c'est l'opinion commune, que ce ne fut point par paresse, qualité qui ne seroit nullement

---

[1] Il alla faire un petit voyage en Normandie. » Conr.

honneste à un héros; mais qu'en effet il étoit de l'advis de son madrigal, et prenoit trop d'intérêt en Philoxène, pour aller dire sans répugnance des douceurs de sa part à Théodamas.

Les choses en estoient là, quand l'assemblée du Samedy fut visiter la princesse, qui ne manqua pas de sommer Acante de sa parole, et de lui demander le madrigal qu'il avoit promis. Le berger, comme pour se préparer par ce prélude, lui répondit en deux vers :

Vous l'aurez demain matin
Ou j'y perdrai mon latin.

Mais comme les desseins des hommes ne sont que vanité, et que la fortune, qui domine sur Parnasse, aussi bien que partout ailleurs, se divertit le plus souvent à tourner leurs actions au rebours de leurs pensées, il lui plut et aux Muses de faire naître avant terme ce madrigal attendu, et plusieurs autres qu'on n'attendoit pas. La gloire en est pourtant deuë à l'illustre Polyandre, car ne pouvant souffrir qu'on différast jusqu'au lendemain la satisfaction d'une si excellente princesse,

La fureur le saisit, il mit la main aux armes[1].

---

[1] Allusion au vers de Malherbe :

La fureur me saisit, je mets la main aux armes.

Et soudain prononça presque tout de suitte ces deux madrigaux :

MADRIGAL DE POLYANDRE POUR PHILOXÈNE

A THÉODAMAS.

Vostre cachet m'est inutile,
Car vostre esprit est si sage et si doux
Que je veux que toute la ville
Sçache que je brusle pour vous.

AUTRE.

Théodamas, amant discret,
De mon cœur vous fondez les glaces,
Ouy, vous aurez toutes les grâces
Qui n'ont point besoin de cachet.

Acante, qui, avec l'habit et la fortune d'un simple berger, avoit le courage d'un grand prince, eut peine à digérer cet affront, et faisant de nécessité vertu, tira deux autres madrigaux de sa teste, presque en même temps, l'un à Philoxène, l'autre pour Philoxène à Théodamas.

MADRIGAL D'ACANTE

A PHILOXÈNE.

Votre très-humble Pis-aller,
Incomparable Philoxène,

Voudroit sçavoir fort bien parler.
Afin de vous tirer de peine,
Mais, s'il faut ne vous rien céler.
Sa foible et languissante veine
Ne sçauroit jamais bien couler,
Si ce n'est que quelque Chimène
Voulût un peu le cajoler,
Sans estre farouche, ni vaine.
Et lui donner enfin ce secret et ce doux
Que vous ne donnez pas à tous,
Que vous ne gardez pas pour nous,
Et qu'un plus digne amant croid mériter de vous.

MADRIGAL D'ACANTE POUR PHILOXENE

A THÉODAMAS.

Si j'avois un secret, *si j'avois rien* de doux,
Pour qui seroit-ce que pour vous.
Dont le madrigal *admirable*
En vaut bien un très-favorable ?
Voilà pour vostre madrigal ;
Quant au beau cachet de chrystal,
Mon cœur, de sa nature,
Est d'une matière aussi pure ,
Mais elle n'est pas aussi dure.

Alors, Polyandre, demandant la récompense des vers qu'il avoit faits, sans qu'il y fût obligé, comme Acante, on luy ordonna de dire ce qu'il vouloit, et il le fist sans hésiter par un troisiesme madrigal, autant ou plus ingénieux que les deux premiers.

MADRIGAL DE POLYANDRE

A PHILOXÈNE.

Beauté digne de tous nos vœux,
Vous demandez ce que je veux ;
Soit sérieusement, ou soit enfin pour rire,
Moy qui parle toujours sans fard,
En un mot je vous le vay dire :
Je veux plus que monsieur Conrard.

Trasile, en suitte, pressé par les dames de rimer à son tour, répondit par ces quatre vers :

Je pourrois bien faire sans peine
Quelque fort meschant madrigal ;
Mais pour ne le faire point mal,
Je veux un delay de quinzaine.

En mesme temps, il protesta hautement qu'on ne le surprendroit plus, et qu'il ne luy arriveroit point de marcher sans des impromptus de poche.

Un reste de fièvre empeschoit Méliante de trouver une rime qu'il cherchoit, pour fournir aussi son madrigal, Polyandre prit cette occasion de luy reprocher qu'il n'estoit plus le mesme, depuis qu'il avoit préféré le quartier des Allemands [1] à celuy du Samedy, ayant mis une rivière entre luy et ses meilleurs amis, comme s'il eût eu à se garder d'eux.

MADRIGAL DE POLYANDRE A MELIANTE
SOUS LE NOM DE TIRCIS.

Vous qu'on ne peut trop estimer,
Quoi! vous ne pouvez pas rimer?
Vous qui faisiez des vers en haste,
Mais des vers pleins de feu, de graces et d'attraits
Tircis, revenez au Marais,
Le fauxbourg Saint-Germain vous gaste.

Méliante, abandonnant alors le madrigal commencé, en fit un autre pour demander du secours, protestant que si on ne luy prestoit quelques vers, il s'attribuëroit tous ceux qu'on venoit de faire, à l'exemple d'un certain blondin duquel on avoit parlé, qui sans se distiller le cerveau, et sans prendre trop de peine, faisoit les plus jolies chansons du monde, trois mois après que Polyandre les avoit faites.

---

[1] .. Il estoit aller loger au faubourg Saint-Germain. Conr

MADRIGAL DE MÉLIANTE.

Mon madrigal est au billon[1],
Fameux auteurs, plaignez mon adventure ;
Prestez-m'en un, ou bien, je vous le jure,
Pour me venger de cette injure,
Je ferai comme Papillon[2].

Il ne laissa pas, toutefois, d'achever un peu après son premier madrigal sans ayde ; mais il ne le prononça point de dépit, car encore qu'il ne fût pas mauvais, il ne lui sembla pas aussi bon que l'autre qui luy coustoit beaucoup moins.

MADRIGAL DE MÉLIANTE
A THEODAMAS,
Sur le cachet de chrystal qu'il avait donné à Philoxène.

Recevez d'un pauvre malade
Réduit à bouillon et panade,
Pour vostre cachet de chrystal
Ce chétif madrigal ;
Que s'il répond fort mal au vostre,
Je ne puis faire mieux et savez-vous pourquoy?
J'ay peine à donner à quelqu'autre
Ce que je voudrois bien pour moy.

---

[1] Pour : de peu de prix.

[2] Lisez Pavillon : le blondin dont il a été parlé ne peut être Marc de Papillon, poëte de la cour d'Henri III, mort vers 1600. Il s'agit évidemment d'Etienne Pavillon, le disciple affadi de Voiture.

Cependant, l'incomparable Sapho, qui sembloit ne devoir que juger des coups, y donner le prix avec le reste des dames, sentit je ne sçay quelle émotion dans son courage, qui ne luy permit pas d'en demeurer là, et descendant du théâtre pour se mesler parmy les combattans, leur fit bientost voir que sy elle n'eust pas mieux aymé distribuër les couronnes, il n'y en avoit point qu'elle ne pût faiblement remporter, car en moins de rien elle escrivit ce madrigal.

MADRIGAL DE SAPHO POUR PHILOXENE
A THÉODAMAS.

Pour employer vostre aymable cachet
A garder un joly secret [1],
Il faut donc que je vous atteste
Et que mesme je vous proteste
Que j'ay le cœur sensible et doux
Et que je ne l'ay que pour vous ;
Mais pour faire aujourd'huy plus qu'on ne me demande.
Je vous déclare hautement,
Qu'il n'est point de faveur si grande
Que vous n'obteniez aisément.
Soit comme amy, soit comme amant,
Car j'ayme mieux estre moins prude,
Que d'avoir de l'ingratitude.

---

1 « Cela a son fondement sur les vers du premier cachet dont il a été parlé. » Conr.

Vous remarquerez que Théodamas, encore qu'il eût la goutte dans sa chambre, ne laissoit pas d'estre là présent par fiction poëtique [1], ou, comme le veulent quelques auteurs bien sensez, un certain esprit familier, qui sert à entretenir une grande familiarité entre Sapho et luy, prit ce madrigal et le luy porta. Il y répondit à l'instant de cette sorte :

MADRIGAL DE THÉODAMAS

A SAPHO.

Sapho, j'admire votre addresse,
Par un mouvement de tendresse,
Vous me témoignez aujourd'huy
Vos bontez sous le nom d'autruy ;
Mon cœur rend donc grâces au vostre
De ce qu'il a pour luy des sentiments si doux,
Et de ce qu'il pense pour vous
Ce que vous dites pour une autre.

Il fist plus, car il adjousta cet autre madrigal

---

1 « Tout cecy n'est qu'une invention du chroniqueur pour faire entendre la vérité, qui est que les vers suivans, bien qu'ils aient été faits presque impromptu, et aussi viste que les autres, ne furent pourtant pas faits dans cette assemblée, où M. Conrart ne se pouvoit trouver, à cause qu'il avoit la goutte. » Conr.

sur ce que Sapho avoit dit à l'esprit familier qu'elle répondoit pour Philoxène, par un mouvement de jalousie, de peur que Philoxène ne répondît elle-mesme.

AUTRE MADRIGAL DE THÉODAMAS
A SAPHO.

S'il est vray que la jalousie
De vostre ame se soit saisie,
Ce m'est un grand contentement
Car comme on dit communément
Que le feu n'est pas sans fumée,
Sans dire ni trop, ni trop peu,
Je dis, et n'en soyez nullement allarmée!
Que la fumée aussi ne peut estre sans feu.

Cette merveilleuse fille ne demeura pas sans repartie, et ne voulant pas répondre à ce dernier madrigal, elle répondit ainsi au premier :

RÉPONSE DE SAPHO
AU PREMIER MADRIGAL DE THÉODAMAS.

Mon cœur, pour contenter le vostre,
Consent que vous pensiez qu'en parlant pour une autre,
Je vous parle pour moy :
Pourveu que vous vouliez subir la mesme loy,
Et que quand vous parlez à nostre Philoxène

De ce qu'on n'appelle point haine,
Mesme parmi les Ottomans,
Je prenne aussi pour moy vos plus doux sentimens.

Tout cela ne troubloit point l'assemblée ; car le Démon alloit et venoit sans que personne y prît garde, et on ne laissoit pas de faire d'autres madrigaux. Certes j'appréhende, si je vous en fay le dénombrement, de rendre suspecte d'imposture, la plus fidelle histoire du monde, et il me prend quelquefois envie de m'escrier, non pas comme un des plus grands poëtes de notre siècle [1] :

Héroïques exploits, guerres, paix, ambassades,
Vos honneurs immortels veulent des Iliades.
Seulement je vous nomme, et je crains que mes vers
Ne passent que pour fable aux yeux de l'univers ;

mais bien comme un fort meschant poëte que je suis :

Madrigaux redoublez, qui valiez des balalades (sic).
Qui vous ramasseroit, feroit des Iliades,
Seulement, je vous nomme et crains que tant de vers
Ne passent que pour fable aux yeux de l'univers.

---

[1] « C'est M. de Gombaud, dans son Panégyrique pour le cardinal de Richelieu. » Conr.

Car enfin, Acante qui estoit assis auprès de Télamire, commença à prononcer un madrigal en son honneur, implorant l'ayde de Polyandre qui ne manqua pas de repartir. Acante reprit en l'honneur de Philoxène et de Télamire, tout ensemble. Polyandre répondit; Acante répliqua, et Polyandre fit une seconde réponse, si bien qu'il se fit comme une espèce de dialogue entre eux, de cette sorte :

ACANTE.

O! divine Télamire
Que j'admire,
Vous aurez donc de mes vers,
Mais que Sarasin me preste
Pour joindre avec mon cœur son esprit et sa teste,
Et vostre nom célèbre ira par l'univers.

POLYANDRE.

Quoy, Pellisson, que je te preste
Et mon sens et ma teste
Pour loüer la jeune beauté
De l'aymable et charmante Aligre?
Non, elle a trop de cruauté,
Je ne rime pas pour un tigre.

ACANTE.

On se plaist, on s'oublie, en ces aymables lieux,
Mais ce qui nous désespère,

Nous ne sçavons vers qui tourner les yeux,
Ou vers la fille, ou vers la mère.

POLYANDRE.

Pellisson, je pense agir mieux ;
Vostre embarras pour moy n'a rien de difficile,
Car je tourne fort bien les yeux
Et vers la mère et vers la fille.

ACANTE.

Vous vous estes bien hazardé
Sur vostre bonne fortune :
Pour moy, je n'en regarde qu'une
Et pense quelquefois avoir trop regardé

POLYANDRE.

Amy, sur ma bonne fortune
Je ne me suis point hazardé,
J'en regarde deux, mais pas une
Jusqu'icy ne m'a regardé.

Polyandre et Acante rentrèrent encore deux fois dans la lice, car ils firent chacun un madrigal pour Sapho, qui se plaignoit qu'on ne se souvenoit point d'elle, et chacun un autre pour Cléodore [1], qui estoit arrivée sur la fin.

[1] Mlle Le Gendre.

ACANTE A SAPHO.

Sapho, faut-il qu'on s'estonne
Si nos Muses pour vous ont manqué de caquet?
On ne peut sur-le-champ vous faire qu'un bouquet.
Vous méritez une couronne.

POLYANDRE A SAPHO.

Vous qui faites des vers si doux
En souhaiteriez-vous des nostres?
Non, vous n'en aurez pas de nous.
C'est vous qui les faites aux autres.

ACANTE A CLÉODORE.

Encore un madrigal, encore,
Pour l'aymable Cléodore;
Je la respecte et l'honore;
Mais malheur à qui l'adore.

POLYANDRE A CLÉODORE.

On ne sçauroit faire mieux
Que d'adorer Cléodore:
Si l'on adore les dieux,
Faut-il pas adorer l'aurore?

L'invincible Polyandre, surpassant autant tous les autres par la fécondité de son esprit, que par la beauté de ses vers, fit encore deux madrigaux par dessus le marché; Cléodore demandoit si, parmy ces beaux esprits, il n'y en avoit pas un qui eût l'esprit satyrique qu'elle haïssoit tant? Il répondit qu'il l'avoit luy seul, puisqu'il avoit bien osé nommer tygre la belle Télamire. Sapho dit là-dessus qu'à une belle et jeune personne, il valloit mieux estre appellée tygre, que mouton, et Polyandre, prenant cette pensée en l'air, la rima ainsi :

Le madrigal seroit mauvais,
Aymable et divine Dalygre,
Si, au lieu[1] *de vous nommer tygre,*
Je vous nommois un mouton de Beauvais.

Il laissoit, comme vous voyez, une petite licence dans ce madrigal; et dans quelque autre, il avoit moins regardé à la rime qu'à la raison; c'est ce qui l'obligea de prier Acante, que s'il escrivoit ses vers, il prît le soin de les corriger; Acante lui demanda en riant, s'il ignoroit donc l'histoire de cette Vénus d'Appelle, tant chantée? Et Polyandre à qui il estoit désormais plus facile de parler le langage des dieux que celuy des hommes, répondit ainsi :

Vrayment, vous me la baillez belle,
Traittant les madrigaux d'un fort mauvais autheur

---

[1] On a mis au-dessus : *bien loin*, — pour éviter l'hiatus.

De la Vénus d'Appelle;
Allez, vous estes un flatteur.

On donna à Polyandre l'honneur de ce combat, car pour Acante, il n'estoit que trop content de l'honneur d'avoir combattu. Une heure vid naistre tous ces vers, sans compter ceux qui furent commencez, et non achevez; ceux qui tombèrent à terre ; ceux que Philoxène et Télamire firent tant en françois qu'en italien, et qu'elles ne voulurent pas dire. Enfin, comme l'assemblée estoit preste à se séparer, le mesme esprit familier dont j'ay parlé apporta ce madrigal à Philoxène de la part de Théodamas.

A PHILOXÈNE

SUR LES MADRIGAUX FAITS EN SALVE, POUR ELLE, A L'OCCASION DE CELUY DE THÉODAMAS.

Enfin, vous m'avez répondu,
Belle et charmante Philoxène;
Mais mon esprit est confondu
Et sent une nouvelle peine;
Vous vous servez de mon cachet
Pour révéler vostre secret,
Il est connu de tout le monde;
Pensez-vous que cela soit doux,
Que les beaux esprits à la ronde,
Fassent des madrigaux pour vous?

Chacun battit des mains et se leva. Cette journée, la plus aymable du monde, fut appellée d'un commun consentement la JOURNÉE DES MADRIGAUX, et bien que tous les héros qui estoient présents aimassent passionnément la gloire et les honnestes plaisirs, il n'y en eut pas un à cette heure-là qui portât envie aux grands exploits de la journée de *Thybarra*[1] ni au divertissement des dix journées de Boccace.

[1] « C'est la bataille de Lens, décrite dans le *Grand-Cyrus*, sous ce nom-là. » Conr.

AUTRES MADRIGAUX

On a trouvé bon d'ajouter icy plusieurs poësies qui furent faites en suite de cette mémorable journée : et pour satisfaire mesme la curiosité de ceux qui ne verront que ce fragment, il a esté jugé à propos d'y mettre les premiers vers qui furent faits sur le cachet donné à Sapho, quoy qu'ils se trouvent déjà en un autre endroit des Chroniques.

MADRIGAL DE SAPHO
A THEODAMAS,
Sur le cachet qu'il lui avait donné

Pour meriter un cachet si joly
Si bien gravé, si brillant, si poly.

Il faudroit avoir, ce me semble,
Quelque joly secret ensemble ;
Car enfin les jolis cachets
Demandent de jolis secrets,
Ou du moins de jolis billets ;
Mais comme je n'en say point faire,
Que je n'ay rien qu'il faille taire
Ni qui mérite aucun mystère,
Il faut vous dire seulement,
Que vous donnez si galamment,
Qu'on ne peut se défendre
De vous donner son cœur ou de le laisser prendre.

RÉPONSE DE THÉODAMAS.

Le présent que vous m'avez fait
A bien surpassé mon souhait,
Je ne prétendois autre chose
Qu'un petit compliment en prose,
(Conçeu toutes fois galamment,
Car vous ne sçauriez autrement),
Qui m'eût dit, d'un air agréable :
On reçoit d'un air favorable
Vostre cachet assez joly.
Mais dans de si beaux vers le traiter de poly,
De brillant, de cachet à faire
Secret, confidence, ou mystère,
C'est ce que je n'attendois pas :
Mais les fleurs naissent sous vos pas
Et plus encore en vostre bouche.

Et tout ce que vostre main touche
Devient poly, joly, galant,
Aymable, agréable, excellent.
Cependant de quelle louange
Puis-je reconnoistre l'eschange,
Que fait vostre beau madrigal,
Qui pour un cachet de chrystal
M'offre de me donner ou de me laisser prendre
Vostre cœur, qui n'a pu se rendre
A tant de braves conquérans,
Qu'on a veu cent fois sur les rangs
Pour disputer cette conqueste?
Mais puisqu'à moy, Sapho, vostre bonté s'arreste
Et me permet de faire un choix
Qui me rend plus heureux que prince ni que roy,
Je suivray la leçon qu'Amour me vient d'apprendre.
Donnez-moi vostre cœur, sans me le laisser prendre.

REPONSE DE SAPHO.

Vous estes un cruel vainqueur,
De vouloir qu'on porte son cœur
Jusque dans vostre chambre.
Mais pour ne vous déguiser rien
Quand vous seriez plus qu'Alexandre
Si vous voulez avoir le mien
Il faut le venir prendre.
Car, comme j'ay le cœur plus grand que Talestris
C'est assez qu'il veuille estre pris.

RÉPONSE DE THÉODAMAS.

C'est estre un assez doux vainqueur,
Lorsqu'il dépend de moy de pouvoir prendre un cœur
De consentir qu'on me le donne,
Quand vous auriez le cœur plus grand que Talestris,
La raison toutesfois ordonne
Qu'il soit donné plustost que pris.

VERS

FAITS EN SUITTE DE LA JOURNEE DES MADRIGAUX

EPITRE DE MONSIEUR CONRART

A MONSIEUR SARASIN,

Sur l'assaut des madrigaux faits au Marests, le samedy 20 decembre 1653.

Vous qui pres d'un grand potentat
Estes le ministre d'Estat
D'un charmant et généreux prince
Qui n'est pas pour la province,
Mais pour remplir de son amour
Tout Paris et toute la cour :
Vous qu'on ne croyoit plus des nostres
Ma foi, vous faites bien des vostres.
Et je vous trouve assez hardy
De vous trouver au Samedy
Comment ! rien ne vous embarrasse ?

Ni le Louvre, ni le Parnasse,
Tous les labeurs vous sont égaux.
Affaires d'Estat, madrigaux,
Ambassades et chansonnettes,
Traittez importants et fleurettes !
Hercule n'en faisoit pas tant,
Lui que l'on célèbre pourtant
Comme un héros incomparable.
Pour avoir nettoyé l'estable
D'un gros bouvier de ce temps là,
Et pour avoir, après cela,
Filé près d'une péronnelle,
Qui lui renversoit la cervelle.
Or de tout cecy, ie conclus
Qu'en vostre jeu vous avez flux ;
Si la phrase vous semble obscure,
Cela veut dire sans figure,
Que vos affaires vont fort bien ;
Car lorsque l'on n'avance rien,
L'esprit s'égare et s'alembique.
On resve, on est mélancholique ;
Mais quand on est fort satisfait,
Et que tout arrive à souhait,
On cause, on rit, on galantise,
On rime, et l'on madrigalise.
Puissiez-vous, jusqu'à six vingts ans
Jouir de ce doux passetemps,
Estre toûjours bien à vostre ayse
N'entendre rien qui vous déplaise,
De vostre grand prince estre aimé
Dans le bonheur estre abysmé ;

A ce souhait que peut-on joindre ?
Je n'en sçay point qui ne soit moindre.

C'est M. d'Ablancourt[1] qui vous envoie cette badinerie, et non pas moy; il me la fit écrire le poignard à la gorge ; et ce que j'ajoute icy, c'est comme une protestation, que me faisant ce déshonneur à moy-mesme pour une telle violence, il ne me pourra nuire, ni préjudicier. Assurez-vous pourtant, Monsieur, que si j'estois capable de faire les choses dignes de vous, on ne seroit pas en peine de me presser pour les exposer, non-seulement à vos yeux, mais à ceux de tout le monde, et que je serois ravy de pouvoir faire connoistre à toute la terre combien je vous suis acquis.

MADRIGAL DE MÉLIANTE

A PHILOXÈNE.

Dieux ! que je parus interdit
Quand vous m'ordonnastes de dire
Que de Théodamas vous aymiez le martyre !
J'en eus un si cruel dépit,
Que je ne pus jamais me résoudre à luy dire
Ce que je voulois qu'on me dit.

[1] Perrot d'Ablancourt, dont les traductions étaient appelées « les belles infidèles. »

AUTRE

Sur ce que ce mesme samedy quelqu'un ayant dit à Méliante qu'il avoit fait des vers autrefois pour Philoxène, ils avoient tous deux rougi, sans sçavoir pourquoy.

Qu'est-il besoin, aymable Philoxène,
Que je cherche des vers, que j'eschauffe ma veine,
Pour vous dire aujourd'huy ce que vous connaissez?
Je rougis et vous rougissez,
Et sans faire ni vers, ni prose,
Ma rougeur en dit bien assez ;
Mais la vostre à son tour dit-elle quelque chose?

AUTRE

Sur l'exhortation que Polyandre lui avoit faite de revenir au Marests

Je ne vaux rien pour le Marais,
Je n'y retourneray jamais ;
Ailleurs, je m'en fais bien accroire ;
Pourquoy me conseiller ce dangereux retour ;
Gardez pour vous, Daphnis, une plus grande gloire,
Je suis bel esprit du faux-bourg[1].

---

[1] « Pour entendre ces madrigaux et les suivans, il faut avoir veu la carte de Tendre qui est une des galanteries du Samedy, insérée ailleurs dans ces Chroniques et qui pourra estre publique un jour ; c'est pourquoi je ne l'explique pas icy, car elle seroit trop longue pour des notes comme celles-cy. » Conr — Voir p. 62.

MADRIGAL DE MÉLIANTE

A SAPHO.

Je ne puis aller à Tendre,
Parmi ce nombre de rivaux :
Quelle vanité d'y prétendre,
Accablé de chagrin, de tristesse et de maux
Ouy, je m'égarerois sans doute,
Mais si vous me voulez donner votre amitié,
Sapho, faites une autre route,
Où l'on puisse arriver seulement par pitié!

RÉPONSE DE SAPHO.

Si je donnois mon amitie
Par un mouvement de pitié,
Je ne serois pas équitable ;
Puisque je la dois seulement
A qui sçayt aymer tendrement,
Et non pas au plus misérable.

AUTRE RÉPONSE.

Le sentier que vous voulez prendre
Peut, sans doute, conduire à Tendre ;

Mais il est si long, si fâcheux,
Si solitaire et si scabreux,
Qu'on n'y peut aller à son aise,
Quand même l'on iroit en chaise ;
Prenez donc un chemin plus beau ;
J'en sais un le long d'un ruisseau,
Qui s'appelle Persévérance,
Où vous seriez en assurance,
Mais il faut marcher promptement :
Car Tendre a peu de logement,
Et ceux qui demeurent derrière,
Campent au bord de la rivière,
Et ne peuvent plus estre mis
Où l'on met les Tendres-amis.

RÉPLIQUE DE MÉLIANTE.

IMPROMPTU.

Vous me devez vostre amitié
Par un mouvement de pitié,
Et vous n'estes pas équitable,
Quand je vous ayme tendrement,
De me refuser seulement
Parce que je suis misérable.

AUTRE.

Donc la pauvre compassion
N'obtient point vostre affection,

Il faut que la raison l'ordonne :
C'est aymer par raison, la maxime est fort bonne :
Mais sans l'envier à personne
Je voudrois qu'on m'aimast par inclination.

AUTRE.

Je trouve le chemin fort beau
A marcher le long du ruisseau
Qui s'appelle Persévérance :
Tout ce que je connois a pour moy des appas,
Et vous voyez que par accoustumance,
Ma fièvre ne me déplaist pas ;
Puisque je m'accoustume aux maux.
Jugez si je crains mes rivaux.
Il faudra qu'ils marchent bien viste.
Ou, sans leur en estre obligé,
Je me trouveray bien logé,
Et seray le premier au giste.

STANCES DE MÉLIANTE

A TÉLAMIRE.

Sur les poupées dont il est parlé dans la Journée des Madrigaux, sous le nom des deux statuës de la grande et de la petite Pandore et ausquelles Télamire en particulier avoit fait les manchettes.

Dieux ! que j'admire vostre ouvrage !
Mais hélas ! c'est bien davantage,
Mon cœur y prend grand' part : je le sens chancelant.

Seriez-vous pas bien attrapée,
Si vous aviez fait un galant,
En pensant faire une poupée ?

Je suis si sensible aux bien-faits
Que mon cœur n'en receut jamais,
Sans rendre pour le moins autant que l'on me donne
Ainsi, reprenez vos bijous,
Ou n'ayant rien que ma personne,
Souffrez que je me donne à vous.

Sans vous faire nulle prière,
Sans sçavoir si vous serez fière,
Je m'abandonne à vous : voyez quelle rigueur
Si vous rebutiez mes fleurettes !
Car enfin, je donne mon cœur,
Et mon cœur vaut bien vos manchettes.

Le voilà donc entre vos mains ;
Mais à quoy bon tous ces dédains ?
Regardez-le brusler du beau feu qui l'enflame :
Tant de façons que vous voudrez,
Je vous l'offriray tant, Madame,
Qu'enfin, enfin, vous le prendrez.

Songez-y, jeune Télamire,
L'Amour estend loin son empire ;
Mais vous n'escoutez pas cet avis important,
Que mon espérance est trompée !
Hélas ! il me vaudroit autant
En conter à vostre poupée !

STANCES DE TRASILE

A SAPHO.

Sapho, je souffre un grand martyre :
Je ne sçay pourquoy je soupire,
Peut-estre que je suis jaloux ;
Vos illustres amis ont fait naistre ma peine,
L'éclat de leur vertu met mon ame à la gesne.
Et pourtant je les ayme tous.

Que la gloire soit leur partage,
Que le peuple le plus sauvage
Admire ce qu'ils ont escrit,
Qu'au bout de l'univers leur nom se fasse entendre,
Mais qu'ils passent chemin sans arrester à Tendre :
Car j'enragerois de dépit.

Mais quoy ! je suis bien téméraire ;
Ils sçavent le secret de plaire,
Ils pourroient me faire leçon,
On n'en void peu comme eux dans le siècle où nous sommes.
Vous les devez aymer, ce sont tous de grands hommes.
Moi je ne suis qu'un bon garçon.

Faites justice à leur merite,
Ma part doit estre plus petite,
Mais ce n'est pas en amitié ;
Faites aussi, Sapho (car vous pouvez tout faire),
Qu'une admirable fille et sa charmante mère
Veuillent me souffrir par pitié.

Hélas ! si mon respect encore
Estoit souffert de Cléodore.
Rien n'esgalleroit mon bon-heur;
De toutes les vertus, c'est le parfait modelle.
En tremblant, dans ces vers, j'ose vous parler d'elle.
Je ne sçay quoy trouble mon cœur.

La redoutable Doralise
Encore qu'elle me méprise
Seroit Reyne si j'estois Roy;
Sa fierte me ravit et son cœur héroïque;
Mais, plaise aux immortels que sa sœur Angélique
Soit plus charitable pour moy.

Enfin certaine ardeur me presse
De passer et Tendre, et Tendresse;
Mais peut-estre aussi que j'ay tort:
Ainsi la vanité nous porte jusqu'aux nues,
Et souvent pour chercher des terres inconnues
On n'arrive jamais au port.

MADRIGAL DE TRASILE

A PHILOXÈNE.

Faire des madrigaux jusqu'à vingt d'une haleine,
Les faire bien, sur-le-champ, et sans peine,
Certes, je le dy tout de bon,
On ne le peut, divine Philoxène,
Sans avoir en poche un démon.
Ces gens sont dangereux, chassez-les, je vous prie,

Et n'entendez point raillerie;
Car enfin, vray-semblablement,
Ils sçavent pour l'Amour un charme inévitable :
Se seroient-ils donnez au diable
Pour faire des vers seulement ?

MADRIGAL DE TRASILE

A TÉLAMIRE.

Ces grands-esprits que l'on admire
Faisoient des madrigaux sans fin.
Moy, je regardois Télamire;
Qui de nous estoit le plus fin ?

AUTRE

A TOUTES LES PRINCESSES.

Allez aymer de grands esprits
Pour chercher une vaine gloire.
Entassant escrits sur escrits,
De vos moindres faveurs ils publiront l'histoire.
Un moins illustre amant, mais un peu plus discret,
Seroit beaucoup mieux vostre affaire:
Ces gens là n'ont point de secret,
Quand on parle si bien on a peine à se taire.

MADRIGAL DE SAPHO

A TRASILE,

Sur ce qu'il avoit dit dans ses stances qu'il n'estoit qu'un bon garçon.

Si vous parlez sincerement,
Il faut publier hautement,
Qu'on mesdit au temps où nous sommes.
D'une fort terrible façon:
Car, enfin, un de ces grands hommes
Dont vous voulez prendre leçon,
Vient de dire, sans raillerie,
Qu'en matière de vers et de galanterie
Vous estes un mauvais garçon.

LA

GAZETTE DE TENDRE

AVANT-PROPOS

Le document inédit que l'on va lire, et qui provient de la même source que la JOURNÉE DES MADRIGAUX [1], est une page curieuse à joindre à la fameuse description du « païs de Tendre », introduite dans le roman de *Clélie*. « La Vierge du Marais, » comme dit Furetière, s'était contentée de créer un monde, laissant à d'autres le soin de le peupler. Cette lacune est comblée par la GAZETTE DE TENDRE, qui, divisée en presque autant de gazettes qu'il y a de relais dans le pays, anime chacun d'eux et sème les routes d'illustres voyageurs plus ou moins pressés d'atteindre le but. Quel est l'auteur de ces nou-

[1] Mém. mss. de Conrart, t. V, in-fol., p. 147-158

velles à la main? Grosse question, que nous n'essayerons pas de résoudre. C'est, en tout cas, du babillage à plume courante, du phébus en négligé.

Nous avons cru devoir, pour l'intelligence du récit, le faire précéder de l'itinéraire tracé par Mlle de Scudéry, et que quelques lecteurs peuvent avoir oublié :

« La première ville, située au bas de la carte, est *Nouvelle-Amitié*. Comme on peut avoir de la tendresse par trois causes différentes, ou par une grande estime, ou par reconnaissance, ou par inclination, on y a établi trois villes de *Tendre* sur trois rivières qui portent trois noms, et on a fait aussi trois routes différentes pour y aller. Si bien que, comme on dit Cumes sur la mer d'Ionie et Cumes sur la mer Thyrrène, on dit aussi *Tendre-sur-Inclination, Tendre-sur-Estime* et *Tendre-sur-Reconnaissance*. Cependant comme Clélie a présupposé que la tendresse qui naist par inclination n'a besoin de rien autre chose pour estre ce qu'elle est, elle n'a mis nul village le long des bords de cette rivière, qui va si viste, qu'on n'a que faire de logement le long de ses rives pour aller de *Nouvelle-Amitié* à *Tendre*. Mais pour aller à *Tendre-sur-Estime*, il n'en est pas de mesme ; car Clélie a ingénieusement mis autant de villages qu'il y a de petites et de grandes choses qui peuvent contribuer à faire naistre par estime cette tendresse dont elle entend parler. En effet, vous voyez que de *Nouvelle-Amitié* on passe à un lieu qu'on appelle *Grand-Esprit*, parce que c'est ce qui commence ordinairement l'estime. Ensuite vous voyez ces agréables villages de *Jolis-Vers*, de *Billet-Galant* et de *Billet-Doux*, qui sont les opérations les plus ordinaires du grand esprit dans les commencements d'une amitié. Ensuite, pour faire un plus grand progrès dans cette route, vous voyez *Sincérité*, *Grand-Cœur*, *Probité*, *Générosité*, *Respect*, *Exactitude*, et *Bonté* qui est tout contre *Tendre*. Après cela il faut retourner à *Nouvelle-Amitié* pour voir par quelle route on va de là à *Tendre-sur-Reconnaissance*. Voyez donc, je vous prie, comment il faut aller d'abord de *Nouvelle-Amitié* à *Complaisance*. Ensuite à ce petit village qui se nomme *Soumission*, et qui en touche un autre fort agréable, qui s'appelle *Petits-Soins*. De là il faut passer par *Assiduité*, et à un autre village qui s'appelle *Empressement*, puis à *Grands-Services*, et pour marquer qu'il y a peu de gens qui en rendent de tels, ce village est plus petit que les autres. Ensuite il faut passer à *Sensibilité*. Après il faut, pour arriver à *Tendre*, passer par *Tendresse*. Ensuite il faut aller à *Obeissance* et pour arri ver enfin où l'on veut aller, il faut passer à *Constante-Amitié*, qui est, sans doute, le chemin le plus sûr pour arriver à *Tendre-sur-Reconnaissance.* Mais comme il n'y a pas de chemin où l'on ne puisse s'égarer, Clélie a fait que si ceux qui vont à *Nouvelle-Amitié* prenoient un peu plus à droite ou un peu plus à gauche, ils s'égareroient aussi. Car, si, au partir de *Grand-Esprit,* on alloit à *Négligence;* qu'ensuite, continuant cet égarement, on allast à *Inégalité,* de là à *Tiédeur*, à *Légèreté* et à *Oubli*, au lieu de se trouver à *Tendre-sur-Estime,* on se trouveroit au lac d'*Indifférence,* qui, par ses eaux tranquilles, représente sans doute fort juste la chose dont il porte le nom en cet endroit. De l'autre côté, si, au partir de *Nouvelle-Amitié,* on prenoit un peu trop à gauche, et qu'on allast à *Indiscrétion*, à *Perfidie*, à *Orgueil,* à *Médisance* ou à *Méchanceté*, au lieu de se trouver à *Tendre-sur-Reconnaissance*, on se trouveroit à la mer d'*Inimitié*, où tous les vaisseaux font naufrage. La rivière d'*Inclination* se jette dans une mer qu'on appelle la *Mer-Dangereuse;* et ensuite, au delà de cette mer, c'est ce que nous appelons *Terres inconnues*, parce qu'en effet nous ne sçavons point ce qu'il y a [1]. »

[1] *Clélie*, édit. de 1660, t. Ier, p. 399-401.

Mlle de Scudéry attachait le plus grand prix à cette *ingénieuse* création : aussi fut-elle saisie d'une profonde indignation, lorsqu'elle vit paraître la ***Relation du Royaume de Coqueterie*** de d'Aubignac[1]. Elle cria : Au voleur ! pardessus les toits.

« Quel rapport, objecta l'abbé, entre ces deux ouvrages, pour être copiés l'un de l'autre? Dans toute la ***Carte de Tendre*** on y voit quatre villes. trois rivières, deux mers, un lac et trente petits villages sur les diverses routes qu'on y peut tenir, et si proches l'un de l'autre, que les voyageurs n'ont pas seulement le loisir de se lasser. Dans le royaume de ***Coquetterie*** on ne voit point de rivière, on n'y parle de mer qu'en passant, il n'y a qu'une grande ville et les chemins ne sont point remplis de gistes. C'est un païs où l'on doit aller vite, et faire de longues traites si l'on veut arriver à ses fins ; et dans cette petite carte, qu'y trouve-t-on de conforme en la moindre circonstance avec la place de *Cajolerie*, le tournoi des ***Chars dorés***, le combat des ***Belles Jupes***.

---

[1] Cet ouvrage, imprimé pour la première fois, en 1659, parut sous le titre suivant, en 1665 : ***Nouvelle Histoire du temps***, *ou la relation véritable du royaume de Coqueterie*. ***La Blanque*** *des illustres filoux du* ***mesme royaume de Coqueterie***. ***Et*** *les* ***mariages*** *bien assortis*.

la place du ***Roi***, le palais des ***Bonnes fortunes***, le bureau des ***Récompenses***, la borne des ***Coquettes*** et la chapelle de ***Saint-Retour***; le ***Tendre*** est un petit coin de terre dans le pays de l'***Amitié***, sans aucune autre description que les lieux; et le royaume de ***Coquetterie*** est d'une vaste étendue, composé de tout ce qui peut rendre un État considérable, et réglé par toutes les maximes de la politique. Ce peuple a son roi, sa religion, ses lois, ses écoles, son trafic, ses jeux publics, ses magasins et ses différentes conditions. »

E. C.

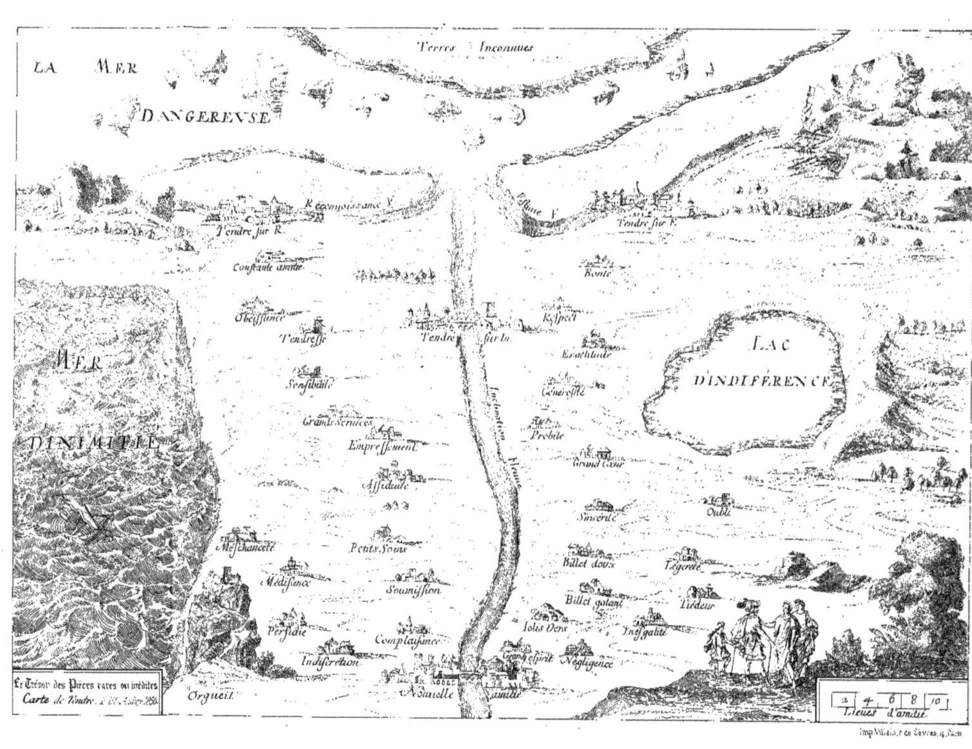

Imp. Villain, r. de Sèvres, 19, Paris

Inconnu

LA MER

DAN

LA

GAZETTE DE TENDRE

DE NOUVELLE AMITIE

Il est party d'icy, ces jours passez, deux *dames de haute qualité* [1], qui ont pris diverses routes pour aller à *Tendre;* car l'une s'est embarquée sur *le fleuve d'Inclination*, et l'autre a pris le chemin de *Tendre-sur-Reconnaissance.* On dit mesme que dès le premier jour, elle fut coucher à *Petits-Soins*, et qu'elle ne fit que disner à *Complaisance.* Pour l'autre on ne sait pas encore si elle est arrivée ; mais, selon toutes les apparences, son voyage aura esté heureux ; car lorsqu'elle s'embarqua, la ri-

[1] Mlle d'Arpajon et la comtesse de Rieux.

vière estoit grosse, et le vent estoit favorable. On attend encore icy, à la fin de la campagne, *un chevalier* [1], dont le grand esprit et le grand cœur l'ont rendu célèbre partout ; et l'on assure aussi qu'il doit y venir un *Jeune Héros* [2], qui s'est hautement signalé aux dernières occasions. Il y a encore plusieurs autres personnes en cette ville, qui prétendent aller à *Tendre ;* mais elles n'ont pas résolu le chemin qu'elles veulent tenir.

DE GRAND ESPRIT

On est icy fort en peine d'un illustre étranger, appellé *Acante* [3], qui y passa il y a déjà assez longtemps; car on n'a point de nouvelles de son arrivée à *Tendre*. On sçayt seulement qu'il fit quelque séjour à *Jolis-Vers*, où il fut admirablement bien receu; qu'il demeura quelque temps à *Billet-Galant*, et qu'il se trouva si bien à *Billet-Doux*, que pouvant aller coucher à *Sincérité*, il ayma mieux demeurer à cet aymable village. Les uns disent, qu'il a en ce lieu-là quitté la route de *Tendre-sur-Estime*, et que tournant tout-court, à gauche, il a pris la *Rivière d'Inclination ;* les autres, qu'il n'a

[1] Le chevalier de Méré.

[2] Le jeune Tracy.

[3] Pélisson.

fait que la traverser, et qu'il est allé à *Petits-Soins*, pour suivre de là le chemin de *Tendre-sur-Reconnaissance*; et d'autres assurent, au contraire, qu'il a continué son premier chemin. Il y en a mesme qui disent qu'il est allé à *Tendre*. Mais, en fin, on n'en sçayt rien avec certitude; ce qui afflige fort ceux qui le connoissent, car c'est un homme de grand mérite.

D'OUBLY

Il arriva icy, il y a quelques jours, un *Estranger*[1] de fort bonne mine, qui, après avoir passé de *Nouvelle-Amitié* à *Grand-Esprit*; de *Grand-Esprit* à *Jolis-Vers*; de *Jolis-Vers* à *Billet-Galant*; et de *Billet-Galant* à *Billet-Doux*, s'égara, en partant de cet agréable village; de sorte qu'au lieu d'aller à *Sincérité*, il vint dans nostre ville, où il fut un jour tout-entier, sans s'appercevoir mesme qu'il estoit égaré. Mais aussi, dès qu'on l'en eut fait appercevoir, il partit d'icy avec tant de diligence, qu'il y en a qui assurent qu'il a plus fait de chemin en deux jours, qu'il n'en avoit fait depuis qu'il estoit party de *Nouvelle-Amitié*.

---

[1] Ysarn, autrement Trasile.

DE NEGLIGENCE

Jamais nous n'avions veû de si *aymables Estrangères*[1] que celles qui sont présentement dans nostre ville. On ne sçayt pourtant pas bien ce qui les y retient. Les uns disent qu'elles se sont égarées ; les autres, qu'elles ont esté exilées de *Tendre*, pour quelques divisions secrettes, qui sont entre la *Nouvelle-Ville* et l'*Ancienne;* les autres, qu'elles prétendent y retourner, quand elles se seront reposées icy ; et les autres, qu'elles se trouvent si bien en un lieu où l'on fait profession de n'avoir soin de rien qu'elles n'en partiront point; ce qui seroit un grand ornement à nostre ville, car elles sont fort bien faites et ont infiniment de l'esprit.

DE SINCERITE

Il vient si peu d'Estrangers dans nostre petit village, qu'on pourroit ne le marquer point dans la carte sans que ceux qui voyagent en souffrissent nulle incommodité ; car la pluspart de ceux qui veulent aller à *Tendre* le laissent à droite, ou à

[1] *Philoxène* (Mme d'Aligre), *Télamire* (Sarrazin), *Doralise* (Mlle Robineau).

gauche, sans y passer; ce qui a tellement rompu nostre commerce, que nous ne savons des nouvelles de nulle part.

DE TIEDEUR

Il y a quelques jours que nous vismes arriver icy *un Jeune Estranger* [1], qui est beau, bien fait, agréable et plein d'esprit. Quand il y vint, ses gens disoyent qu'il n'y seroit qu'un jour; mais il se trouve si bien parmy nous, qu'il ne parle plus de partir. En effet, bien loin de le voir en habit de campagne, pour continuër son voyage, nous le voyons tous les jours dans nos temples, dans nos ruës et chez nos dames, avec ses cheveux blons, aussi poudrez et aussi frisez que s'il ne devoit qu'aller au bal. Il y en a pourtant qui disent qu'encore qu'il ne paroisse pas empressé, et qu'il ayt beaucoup de langueur dans les yeux, il n'est pourtant pas aussi indifférent qu'il semble l'estre; mais il a une si grande tranquillité sur le visage qu'on le soupçonne fort de ne désirer rien ardemment, et personne ne doute qu'il ne préférast un paisible plaisir, quelque petit qu'il fust, au plus grand plaisir du monde, qui seroit accompagné de

[1] Moreau, conseiller au grand conseil.

quelque peine; c'est pourquoy on ne sçayt pas s'il s'opiniastrera au dessein d'aller à *Tendre*, où l'on ne peut arriver sans quelque difficulté.

D'INEGALITE

Un *Estranger*[1] d'un mérite rare, et dont toutes les inclinations sont grandes et nobles, estant party de *Grand-Esprit*, où il fait son séjour ordinaire, s'égara et vint coucher icy, malgré luy; mais il en partit si matin, que cela n'a guère retardé son voyage. En effet, nous avons seû que cet homme illustre qui s'appelle *Agathyrse*, est arrivé en fort peu de temps de *Générosité*, après avoir passé par *Sincérité*, par *Grand-Cœur* et par *Probité*; mais on dit que, trouvant le chemin d'*Exactitude* trop long, celuy de *Respect* trop ennuyeux et trop peu battu, il a résolu de tourner à gauche et d'aller le long de la *Rivière d'Inclination*; car, comme elle ne serpente point, elle sert de guide à ceux qui la suivent et le chemin en est moins long. Il y en a mesme qui assurent qu'il veut aller sur ce fleuve, et qu'en cas qu'on n'y trouve point de barque, il entreprendra de faire

[1] De Raincy, autrement *Agathyrse*.

un miracle, en allant *en chaise* [1] sur cette rivière, comme il fut un jour voir *Théodamas* avec plusieurs dames. Il est vray que ce doivent estre des Daufins qui le porteront, et non pas des hommes; car on assure qu'il y en aura quatre, qui viendront de la *Mer Dangereuse*, en remontant le fleuve, pour luy rendre cet office. Ce qui rend la chose vraysemblable, c'est qu'*Agathyrse* est un homme dont le grand cœur ne peut souffrir que rien luy résiste; qui diviseroit les fleuves aussi bien que Cyrus, s'ils s'opposoient à son passage, et qui est capable de tout entreprendre par un sentiment de gloire. Néantmoins on ne sçayt point encore avec certitude s'il veut effectivement aller à *Tendre*, et on ne parle de ses desseins que sur de simples conjectures, qui peuvent aysément estre trompeuses.

DE GRAND SERVICE

Nous n'avons point eu d'Estrangers ni d'Estrangères en cette ville, depuis que le sage *Théoda-*

[1] « C'est que luy, et quelques dames, allèrent un jour, en chaise, à Issy, voir M. Conrart, qui y estoit. » Conr.

mas [1], le grand *Aristée* [2], la charmante *Cléonisbé* [3], l'aymable *Cléodore* [4], la généreuse *Doralise* [5], le vaillant *Prince de Phocée* [6], l'agréable *Hamilcar* [7], la belle et merveilleuse *Elise* [8] et le généreux *Bomilcar* [9], y passèrent en divers temps; et nous nous attendons si peu d'y en voir beaucoup d'autres, que de tous ceux qui avoyent des maisons destinées à loger ceux qui passent icy, il n'y en a plus qu'un qui tienne la sienne ouverte pour cela. Encore n'y a-t-il qu'une chambre meublée, qui est, la pluspart du temps, inutile.

DE CONSTANTE AMITIE

Depuis la mort de la belle et généreuse *Elise*, nous n'avons veû icy que l'aymable *Arpasie* [10], la sage *Agélaste* [11] et *un homme d'un grand mérite* [12],

---

[1] Conrart.

[2] Chapelain.

[3] Mme des Pennes, de Marseille.

[4] Mlle Le Gendre.

[5] Mlle Robineau.

[6] Baumes.

[7] Sarasin.

[8] Mlle Paulet.

[9] Du Plessis.

[10] La présidente de Martigny, de Rouën

[11] Mme Boquet.

[12] Caradas, chanoine à Rouën.

qui est né au bord de l'Océan ; mais nous ne désespérons pas d'en voir d'autres, car on nous assure qu'il y a des gens en divers temps de l'Empire de *Tendre*, qui pourront passer par icy.

DE PETITS SOINS

Nous avons en cette ville de toute sorte de gens, qui prétendent d'aller à *Tendre* ; mais il y en a plusieurs qu'on croit qui s'habituëront icy, parce qu'ils ne sont pas propres à supporter les incommodités d'un long voyage.

DE COMPLAISANCE

On raconte en cette ville une chose tout à fait merveilleuse, car on assure qu'une *dame de fort haute qualité* [1], et dont on dit que la beauté et le mérite surpassent la condition, est allée à *Tendre*, de la plus commode manière du monde [2]. Ceux qui l'ont écrit icy mandent que s'estant allée

---

1 La duchesse de Saint-Simon.

2 « Tout ce récit fait allusion à une promenade qui se fit à la campagne, et où cette dame alla en bateau, parce qu'elle estoit grosse ; Mlle de Scudéry estoit avec elle, et ce fut là que commença leur amitié. » Conr

promener à une petite Isle, qui est à la *Rivière d'Inclination*, et qui est si petite qu'elle n'est point marquée dans la *Carte de Tendre*, elle s'assit entre des saules, sur du gason frais et fleury, afin d'y rêver agréablement, et qu'elle voulut que la petite barque qui l'y avoit conduite s'en retournast au rivage, jusqu'à ce qu'elle fist signe de la main à celuy qui la menoit, de la venir requérir. Mais ceux qui écrivent cette surprenante nouvelle, ajoûtent que cette dame ne fut pas plustost assise, que cette Isle, qui avoit toujours esté ferme, se détacha, et devint une isle flottante, qui estant emportée par le courant du fleuve, fut jusques à *Tendre*, sans s'arrester le long du rivage, et presque sans que cette belle personne s'en apperceust; car come cette petite Isle estoit toute bordée d'alisiers, elle ne voioit pas les rives du fleuve, qui l'eussent pû faire appercevoir du voyage qu'elle faisoit. Mais à la fin, s'estant levée, parce que cette Isle passant en un endroit où il y a quelques caillous, le bruit des vagues interrompit sa rêverie, elle se vid si proche de *Tendre* qu'elle témoigna estre bien ayse de la merveilleuse aventure qui lui estoit arrivée, et d'avoir fait si commodément un voyage qui donne beaucoup de peine à plusieurs autres qui l'entreprennent, mesme quelquefois inutilement; car encore qu'elle n'eust jamais esté à *Tendre*, elle ne laissa pas de le connoistre, parce qu'elle en avoit veû le *plan* [1] admirablement dessiné. On assure icy qu'il y a une grande feste à *Tendre* pour l'arrivée *d'une jeune et charmante personne* [2] du païs des Tectosages, qui a mille charmes dans l'esprit et mille bonnes qualitez dans l'ame. On dit qu'elle y est arrivée dans une barque peinte, et ornée de fleurs; et que le lendemain qu'elle y fut, la *Dame de l'Isle flottante* [3] y aborda. On ajoûte que l'une et l'autre ont esté complimentées par le *Mage de Tendre* [4] qui estoit autrefois *Mage de Sidon* [5], et qu'il les a haranguées avec son éloquence ordinaire et toute sa galanterie de *Mage de Montagne* [6]. En suite de quoy on les a logées dans un magnifique palais qui est auprès de celuy de la divine *Arténice* [7], à qui *Sapho* [8], qui a basty la ville de *Tendre*, rend autant d'honneur qu'à une Déesse.

---

1 La carte de *Tendre*, qui se trouve dans le premier volume de *Clélie*, et que l'on a vue plus haut.

2 Mlle d'Arpajon, qui était de Toulouse.

3 La duchesse de Saint-Simon.

4 Godeau, évêque de Vence.

5 Il porte ce nom dans le *Grand-Cyrus*.

6 « Il s'appelle ainsi luy-mesme, à cause des montagnes de province où est situé son evesché. » Conr.

7 La marquise de Rambouillet.

8 Mlle de Scudéry.

DE RESPECT

Il a passé ces jours passez, un aymable Estranger appellé *Trasile* qui avoit fait une belle diligence, depuis qu'il estoit party d'*Oubly*, où il avoit esté un jour [1] que s'estant trouvé un peu las, il a voulu aller prendre la rivière; mais come il ne s'est point trouvé de bateaux, on assure qu'après s'estre reposé deux ou trois heures, il a entrepris d'aller à la nage jusques à *Tendre*. Diverses personnes l'ont voulu dissuader de ce dessein; mais il a répondu qu'il est accoustumé d'avoir des aventures galantes dans les rivières, et qu'il en a eû une si favorable dans la Seine, qu'elle luy fait espérer que son dessein réüssira. Mais quelques Bergers qui gardoyent leurs trouppeaux, le long du fleuve, disent que *Trasile*, en nageant, a rencontré des dames qui se baignoyent, avec qui il s'est arresté [2]; de sorte qu'on ne sçayt pas bien

---

[1] « C'est qu'en une promenade qu'il (Ysarn) fit à Raincy, avec Mlle Scudéry, il fut languissant et mélancolique ; de sorte qu'ils ne se parlèrent point. » Conr.

[2] « C'est une aventure qui lui arriva, comme il se baignoit au mois de juillet, dans la Seine ; car il y rencontra des dames fort spirituelles qui s'y baignoyent aussi, avec qui, sans les connoistre, il fit une fort agréable conversation

encore s'il poursuivra son dessein et si la beauté de quelqu'une de ces dames ne mettra point dans son cœur de quoy l'empescher d'estre receu à *Tendre*.

DE SOUMISSION

On assure icy que l'inconstant *Trasile* qui s'estoit broüillé avec *Sapho* a fait sa paix avec elle en luy envoyant *un lapin*[1] qui parle, non seulement mieux qu'un perroquet, mais qui parle come un livre, et come un agréable livre. On a, pourtant, bien de la peine à croire ce prodige; car *Trasile* n'a pas la mine *d'un Magicien*[2].

DE TENDRE

Depuis l'arrivée *de la Dame de l'Isle flottante*, et de cette *charmante Estrangère* qui est venüe

---

dans l'eau. Il en fit depuis une relation très-ingénieuse. On l'accuse d'estre inconstant en amour, et l'on dit que son inconstance vient de sa paresse. » Conr.

1 « C'est que le lendemain de cette promenade mélancolique, il lui envoya un lapin privé, qu'il feignit estre un autre lapin qui avoit passé devant leur carrosse, dans la forest de Livry; avec des vers fort jolis où il faisoit parler le lapin. » Conr.

2 « C'est que *Trasile* est très-bien fait et de bonne mine ce que ne sont pas ordinairement les magiciens. » Conr.

par bateau, on n'a parlé que de réjouissances dans nostre ville. Ce qui en a augmenté la joye, est, que *les Dames exilées* y sont revenues, après avoir fait de nouvelles protestations d'observer exactement toutes les coutumes du païs de *Tendre*. Il y a, pourtant, toujours quelque petite disposition à de nouvelles factions; car come la ville *est partagée en deux par la Rivière qui la traverse* [1], une partie de ceux qui habitent *l'Ancienne-Ville,* murmurent secrètement de ce qu'on reçoit tant de gens dans *la nouvelle*. Et en effet, quelques-uns d'entr'eux ont fait obstacle depuis peu à la réception de plusieurs nouveaux-venus, qui sont arrivés à nos faubourgs; car depuis quelques jours, nous avons icy la plus agréable compagnie du monde. Ce qui contribuë à la rendre telle, c'est que cette *Princesse* [2], qui avoit pris le chemin de *Tendre-sur-Reconnaissance,* est venue loger au faubourg qui regarde vers la *Mer Dangereuse;* que l'illustre *Agathyrse* est au mesme lieu; et que le fameux *Méliante* [3] s'est logé tout-contre les portes de la

---

[1] « L'*Ancienne-Ville* est la maison de *Philoxène* et de *Doralise,* qui n'est séparée que par le ruisseau de la ruë, de celle d'Agélaste où se tient le *Samedy*, entenduë icy par la *Nouvelle-Ville.* » Conr.

[2] La comtesse de Rieux.

[3] Doneville, conseiller au Parlement de Toulouse.

ville; car come il a esté fort malade, il a voulu estre proche des médecins. Pour l'aymable *Trasile*, après avoir, à la fin, quitté des dames qu'il avoit rencontrées, il s'est venu loger au bout du pont, en un lieu où ses gens l'attendoient avec des habillemens; mais pour le *malicieux Acante* [1], il avoit d'abord choisy le faubourg qui est opposé à *Tendre-sur-Estime*, avec intention d'y estre, jusqu'à ce qu'on l'eust examiné, suivant la coustume, aussi bien que les autres qui prétendoient entrer; mais il est arrivé des choses qui lui ont fait changer de lieu. Ce qui a fait ce changement, c'est que dans le mesme temps qu'on se préparoit à examiner si tous ceux qui se présentoient seroient receus, on a eû nouvelle *qu'un agréable Estranger* [2], qui s'estoit arresté à *Tiédeur*, en estoit à la fin party, dans un petit char, peint et doré, pour venir à *Tendre*, à petites journées, et qu'il y a beaucoup de gens à *Petits-Soins*, à *Billets-Doux* et à *Grand-Esprit* qui prétendent encore venir icy; de sorte qu'une partie des principaux de l'ancienne ville se

---

[1] « Il est appelé le *malicieux Acante*, parce qu'il imagine toujours quelque malice innocente et ingénieuse pour se divertir et pour divertir les aymables persones avec qui il est d'ordinaire. » Conr.

[2] Moreau. Voyez l'article de *Tiédeur*.

sont assemblez chez le généreux *Mégabase*[1], qui est fort considéré en ce lieu ; et ils ont résolu de prier instamment *Sapho* de ne recevoir plus d'Estrangers dans la ville qu'elle a bastie, sans les obliger à faire des preuves très-exactes sur toutes les choses nécessaires pour estre receu à *Tendre*[2]. *Hamilcar*, qui depuis quelque temps est revenu icy d'un assez long voyage, où il a pensé faire plus d'une fois naufrage, fait ce qu'il peut pour empescher que la chose n'esclate; car come il ayme les festes et les plaisirs, il aymeroit mieux qu'on receust cent tendres amis dans la ville, que d'en défendre l'entrée à une personne agréable. Mais quoy qu'il ayt pu dire, les plus factieux insultant sur les nouveaux-venus, ont dit qu'*Agathyrse* estoit incapable de s'assujettir aux loix du païs. Ils sont pourtant tombez d'accord, qu'il avoit tout le mérite qu'il falloit avoir pour estre receu favorablement; mais ils ont opiniâtrement soutenu en suitte, qu'il estoit plus propre à donner des loix qu'à en suivre; qu'il ne seroit pas plustost receu, qu'il voudroit chasser tous les autres; qu'il avoit

---

1 Le marquis de Montausier, ainsi appelé dans le *Grand-Cyrus*, t. VII.

2 « C'est que M. Sarasin avoit esté fort longtemps absent et avoit eû peu de soin d'entretenir son ancienne correspondance avec Mlle Scudéry. » Conr.

naturellement plus de penchant à l'amour qu'à l'amitié ; et qu'il estoit enfin dangereux de le recevoir, si on ne vouloit exposer l'Estat à une révolution générale. Pour *Méliante*, ils ont avoué qu'il n'estoit pas impossible qu'il s'assujettist aux loix du païs. Ils sont mesme tombez d'accord, que son inclination portoit plus à l'amitié tendre et galante qu'à l'amour ; et ils ont confessé qu'il méritoit d'estre receu, pourveû qu'il fust effectivement *le Méliante dont Sapho leur avait parlé*. Mais pour l'empescher d'entrer dans la ville, ils ont dit qu'ils avoyent esté avertis, et qu'il y avoit un autre homme au monde qui se nommoit *Artimas*[1], qui lui ressembloit tellement, qu'on ne pouvoit remarquer nulle différence, ni en leur visage, ni en leur taille, ni en leurs actions ; qu'il falloit bien prendre garde de ne s'y tromper pas, parce qu'encore qu'ils fussent semblables en beaucoup de choses extérieures, ils avoient le cœur tout différent, en cas d'amitié. En suitte, pour fortifier leurs raisons, ils ont dit que come il y avoit bien eû aussi un faux Mustapha, il pourroit bien y avoir *un faux Méliante*. Après quoy ils ont prié celle qui a droit de refuser l'entrée de la ville à

---

[1] « Il est désigné par ces deux noms dans le *Grand-Cyrus*, à cause de son humeur qui tient de celles qui sont représentées en ces deux personnages. » Conr.

qui bon luy semble, d'attendre à faire entrer *Méliante*, qu'elle soit pleinement éclaircie de la vérité et de ne se fier point à ses propres yeux, en cette occasion. Ce n'est pas que *Méliante* n'ait soutenu hardiment qu'*Artimas* est mort, et qu'il ne peut ressusciter ; mais ceux qui luy estoient contraires, ne l'ayant pas voulu croire, la chose en est demeurée là. Pour *la Princesse nouvelle-venuë*[1], ils soutiennent qu'il suffit de dire sa qualité pour rendre sa réception difficile, parce que, depuis le commencement de nostre empire, on n'a jamais ouï dire que personne de cette condition ayt esté tout-à-fait digne d'estre receu à *Tendre*. Pour *Trasile*, ceux qui luy veulent nuyre disent, que ses amours sont si tièdes, qu'il n'y a pas trop d'apparence qu'il soit capable d'une amitié ardente et tendre, et qu'il n'est pas mesme trop croyable, qu'il puisse s'empescher d'avoir toûjours quelque demy-maistresse; ce qui seroit d'un fort mauvais exemple dans *Tendre*, quand mesme on tomberoit d'accord que cela ne seroit pas dangereux ; avoüant, qu'à cela près, il a toutes les qualitez nécessaires pour y estre receu. Pour *Acante*, on ne luy reproche ni tiédeur ni inconstance; on publie mesme tout haut, qu'il a un mérite infiny, et qu'il est digne d'estre à *Tendre;* mais ceux qui s'opposent à

---

[1] La comtesse de Rieux.

sa réception, disent, qu'avant de venir à *Nouvelle-Amitié*, il avoit passé par un lieu où il y avoit une maladie contagieuse, qui est la plus cruelle chose du monde, car elle oste le repos; elle oste mesme quelquefois la raison; elle fait tantost rire et tantost pleurer; on soupire souvent, sans savoir pourquoy; et on fait, enfin, de si terribles choses, qu'il n'y a rien de plus surprenant que de voir ceux qui ont ce mal, lorsqu'ils l'ont violent; et ce qu'il y a de plus fâcheux, c'est que, selon la disposition où l'on est, on le prend fort aysément, car il ne faut quelquefois que rencontrer les yeux de ceux qui en sont atteints, pour en avoir le cœur touché; de sorte que sachant qu'*Acante* avoit non seulement esté en un lieu où cette maladie estoit, mais qu'il avoit esté luy-mesme en danger d'en mourir; ceux de l'*Ancienne ville* ont obligé *Sapho* de le faire mener en une maison destinée à la purification de ceux qui ont esté en mauvais air. Ce n'est pas qu'elle craigne ce mal-là pour elle; car elle s'est trouvée autrefois avec des gens qui l'avoient, sans le prendre; mais il y a plusieurs raisons importantes qui l'obligent à estre fort exacte en ces sortes de choses. Cependant, *Acante* doit estre 40 jours au lieu où l'on l'a conduit, pendant lesquels deux personnes fort expérimentées en la connoissance de ce mal, l'observent soigneusement, pour voir s'il n'en a plus aucune incommodité. On creût mesme le premier jour qu'il y fut, qu'il en estoit encore un peu attaqué ; car il soupira plusieurs fois, sans nulle cause apparente. Mais il soutint hardiment que ses soupirs estoient des soupirs d'amitié, et qu'il y avoit de plusieurs espèces de soupirs, rapportant, pour autorité, une chanson qu'il avoit ouï chanter fort agréablement à l'illustre *Agathyrse*, par où il paraît qu'il y a des *soupirs de tristesse* et des *soupirs d'allégresse*. Mais ce qu'il y a d'avantageux pour lui est qu'il est en un lieu si agréable, qu'il ne s'y peut ennuyer ; car la maison est belle, le jardin admirable et les fontaines merveilleuses. Il a mesme obtenu la permission d'écrire à ceux de sa connoissance qui sont à *Tendre*, quoy qu'on die qu'il y ayt quelque danger à recevoir des lettres de ceux qui ont cette espèce de mal dont il s'agit; si bien qu'il ne se passe point de jour qu'il n'écrive quelque galanterie ingénieuse ou en vers, ou en prose, qu'il adresse tantost à la discrète *Agélaste*, tantost à la redoutable *Doralise*, tantost au sage *Théodamas*, et tantost *à celle qui a basty nostre ville* [1]. En effet, il luy envoya hier *un Dialogue entre l'Aurore*

[1] « Mlle de Scudéry, autrement Sapho, qui a fait *la carte de Tendre*, laquelle se voit dans le premier volume de *Clélie*, et sur laquelle tout cecy est fondé. » Conr.

et luy [1], qui est une fort ingénieuse et fort agréable chose. Mais durant qu'*Acante* est dans cette belle solitude, *Méliante*, *Agathyrse* et *Trasile* visitent les dehors de la ville, où il y a de belles choses à voir. Ils voyent mesme quelquefois *Sapho*, car elle va presque tous les jours voir travailler les premiers Architectes du monde, qu'elle employe à bastir quatre tombeaux magnifiques ; le premier est celuy d'*un aymable Inconnu* [2], qui avoit autrefois esté tout prest d'estre receu à *Tendre*, qui mourut quelques jours avant qu'il y dust entrer, et qui, pour s'en rendre digne, avoit sacrifié un nombre infiny de galanteries passagères, qui avoient occupé le commencement de sa vie. Aussi void-on plusieurs petits Amours enchaînez aux pieds d'une figure de marbre blanc, qui représente la Vertu, afin de faire connoistre quels ont esté les sentimens de celuy pour qui ce tombeau est fait. Pour le second, c'est celuy du dernier *Mage de Tendre* [3], qui est d'une structure admirable, et dont les inscriptions sont fort glorieuses à cet illustre mort;

---

[1] « Ce dialogue, qui est très-ingénieux, fut fait par M. de Pellisson, un matin qu'il estoit seul à cheval, au sortir de Senlis, pour aller à la Cour, qui estoit à Péronne, un peu avant la délivrance d'Arras. » Conr.

[2] L'abbé de Chandeville.

[3] L'evêque du Mans.

Sapho n'ayant pas mesme voulu qu'il parust qu'il avoit esté *quatre ans exilé de Tendre* [1], parce que, depuis qu'elle l'avoit rappellé auprès d'elle, il n'avait rien fait qui ne fust digne des premières graces qu'il avoit receuës. Pour le troisième tombeau, c'est celuy de la belle et charmante *Elise*, où les Graces et les Muses sont représentées en deüil, à l'entour d'une admirable statuë qui la représente. Et le quatrième est celuy du vaillant et infortuné *Prince de Phocée* [2], où l'on void des marques de ses victoires et de son pitoyable destin tout ensemble; car tous ses combats, tant sur mer que sur terre, y sont représentez en basse-taille, jusques à celuy où, ayant passé son épée au travers du corps d'un brave Ibérien qu'il combattoit, il mourut d'un coup de trait qu'on tira de dessus les murailles *d'une ville assiégée* [3], et mourut en triomphant de son ennemy, après avoir fait mille et mille actions héroïques, et durant la guerre, et durant la paix. Cependant come *Sapho*, qui fait faire ces superbes tombeaux, ne va jamais voir ceux qui y travaillent, qu'elle n'y soit accompagnée

---

1 « C'est qu'il avoit esté ce temps là sans la voir, mais depuis il regagna par des soins jusqu'à sa mort ce temps qu'il avoit perdu. » Conr.

2 Baumes.

3 Portolongone, ville de l'île d'Elbe.

des plus honnestes gens de nostre Ville, ceux qui n'y sont pas encore receus ne sont pas tout à fait à plaindre, puisqu'ils voyent si bonne compagnie; et *Acante* seroit plus malheureux qu'eux, s'il n'avoit en son propre esprit de quoy se passer de celuy des autres. Mais comme il n'y a rien qu'on ne puisse mal expliquer quand on veut, on dit que la malicieuse *Doralise*, pour irriter les plus considérables de l'*ancienne ville de Tendre*, a dit à quelques personnes que *Sapho* faisoit semblant de déférer aux avis qu'on luy donnoit, mais qu'elle ne le faisoit que par politique seulement, et qu'elle savoit de bonne part qu'une grande partie de ces nouveaux-venus estoient entrez dans la ville incognito, avec l'ayde d'*Agélaste et de sa sœur qui les avoient déguisez*[1] : elle dit mesme cela d'un certain ton, qui fait voir qu'elle veut bien qu'on croye qu'ils y sont tous entrez, et qu'elle est bien informée de ce qu'elle dit. Pour l'aymable *Philoxène*[2], elle n'en dit pas autant que la spirituelle *Doralise*, et elle se contente de sourire, sans la contredire. Mais pour la belle et sage *Cléodore*, elle s'oppose autant qu'elle peut à la fière *Doralise*,

[1] « C'est qu'elles entendent admirablement à habiller ceux qui se veulent déguiser, au Carnaval, ou en d'autres réjouissances. » Conr.

[2] Madame Aragonais.

et rapportant fort judicieusement *l'exemple du charbonnier* [1], elle conclut que chacun est maistre dans sa maison. Pour la belle et jeune *Télamire*, elle ne se mesle guère des factions de la ville et ne songe qu'à se promener. Elle souhaiteroit mesme fort qu'on fist bien-tost la cérémonie de la réception de tous ces illustres estrangers, afin qu'il y eust quelque feste magnifique. On pense, pourtant, qu'elle ne se fera pas encore si-tost, et que *ce beau paresseux*, qui est en chemin de venir à *Tendre*, aura le loisir d'arriver auparavant; car quand on aura résolu que ces estrangers entreront, il faudra encore bien du temps pour régler leurs rangs avec les anciens, parce qu'il y en a quelques-uns qui prétendent que le droit d'ancienneté n'y fait rien; de sorte qu'il est bien à craindre que l'impatient *Agathyrse* ne s'en aille, sans s'obstiner à entrer dans la ville; que *Trasile* n'ayt quelqu'un de ces demy-amours qui luy viennent par oysiveté, avec quelqu'une des dames qui accompagnent cette *Princesse estrangère* qui est icy; qu'*Acante* ne retombe dans ce mal qui l'a tant tourmenté; que *Méliante* ne retombe si malade, qu'on luy or-

---

[1] « C'est que sur ce sujet, Mlle le Gendre se servoit du proverbe, qui dit, *que le charbonnier doit estre maistre en sa maison.* » Conr.

[2] Madame d'Aligre.

donne son air natal; que la *Princesse* qui prétendoit entrer sans résistance, à cause de ses bonnes qualitez, ne se rebute; et que les *nouvelles-venues* ne retournent à *Négligence*, et ne soyent exilées une seconde fois; car comme on leur a presque tout rendu à leur retour, il pourra estre qu'elles ne craindront plus de faillir, et que *Sapho* se repentira de son indulgence, quoy que, jusques à cette heure, elle ne se soit jamais repentie de rien.

LE

CARNAVAL DES PRETIEUSES

AVANT-PROPOS

On s'imagine à tort que le monde des précieuses était enfermé dans un cercle de fadeurs, qu'il ne lui arrivait jamais de franchir. Les ruelles s'ébattaient à l'occasion, et avec non moins d'entrain que l'hôtel de Rambouillet qui parfois, dépouillant sa gravité, jouait à colin-maillard comme une académie d'écervelés. A une débauche de madrigaux succédait tout à coup quelque joyeuse scène, aux gestes bruyants, aux libres paroles, — une manière de parade, assaisonnée de sel blanc ou gris. Rien, dit-on, de plus prodigue qu'un avare qui s'oublie; — rien aussi de plus folâtre qu'une précieuse lâchée.

Que le lecteur veuille bien nous accompagner encore dans un des réduits à la mode du XVIIe siècle, et nous lui promettons une surprise qui le dédommagera amplement des bagatelles gourmées dont nous venons de l'abreuver, sans vergogne aucune... Supposez qu'après avoir bâillé à une tragédie quelconque vous assistez à une amusante pantalonnade. — Mais silence ! voici déjà les grelots qui retentissent.

E. C.

LE

CARNAVAL DES PRETIEUSES

DESSEIN DE LA MASCARADE[1]

ETTE mascarade est composée de six personnes, sans compter l'Entrepreneur de la mascarade qui ne danse point et distribue les livres aux dames.

Les six autres sont l'Amour, l'Occasion, la Vieille-Amoureuse, le Vert-Galant, le Vieillard-Amoureux et la Jeune-Coquette.

L'Amour entre le premier et danse seul.

L'Occasion, ayant de fort longs cheveux sur le

---

[1] Manuscrits de Conrart, t. V, in-f°, p. 127-133.—Nous avons déjà publié une partie de cette pièce dans nos ASSEMBLÉES LITTÉRAIRES (*Revue de Paris*, n° du 15 mai 1855).

front et étant chauve par derrière, entre et danse avec l'Amour qui l'attrape aussi souvent qu'il peut par ses cheveux, mais elle lui tourne souvent le derrière et lui échappe diverses fois. Enfin il la saisit, l'embrasse et l'emporte dans un coin de la salle.

Le Vert-Galant, tout vêtu de vert, entre, conduisant la Vieille-Amoureuse, à qui il fait faire quelques tours avec peine.

Le Vieillard-Amoureux entre, conduisant la Jeune-Coquette. Ces quatre dansent ensemble, mais fort peu ; car l'Amour et l'Occasion reviennent.

L'Amour donne un coup de pied au Vieillard et à la Vieille et les met hors de danse.

L'Occasion prend d'une main le Vert-Galant, de l'autre la Jeune-Coquette et les met ensemble. Ces quatre dansent. Le Vieillard et la Vieille qui étaient par terre se relèvent. La danse finit par un dialogue à toutes ces personnes :

L'AMOUR, aux dames.

Beautez dont les charmants appas
En tous lieux se font reconnoistre,
Je suis l'Amour, me connoissez-vous pas,
Vous qui me fites noistre?
Je mets tous les cœurs sous mes lois

Si vous voulez garder le vostre,
Fuyez mes traits, ils blessent quelquefois
Ma mère, comme une autre.

Mais non, ne fuyez nullement,
Sans moi rien ne vous sçauroit plaire,
Aimez, aimez et faites seulement
Ce que je m'en vais faire.

Sans montrer trop de passion,
En riant et de bonne grâce,
Dansant, courant après l'Occasion,
Quand je puis, je l'embrasse.

L'OCCASION, aux dames.

Mon règne n'est que d'un moment,
Mais ce moment peut tout sur les choses humaines :
Si je fais le larron, je fais aussi l'amant,
Et sans moy nul contentement
Ne suit les amoureuses peines.

Mais quoi! rien n'arreste mes pas :
Je suis sourde aux soupirs, inexorable aux larmes
Je pars, qu'attendez-vous? usez de vos appas,
Belles, vous ne me perdez pas,
Vous perdez vos jours et vos charmes.

LA VIEILLE-AMOUREUSE, aux dames.

A voir ces blancs cheveux,
On s'y pourroit méprendre,
Sous cette froide cendre
Se couvrent mille feux.

Je ne saurois me taire
Du berger qui me plaist ;
Je vous jure qu'il est
Beau comme une bergère.

Il est vrai qu'on le blâme
D'un peu de cruauté,
Que n'ai-je sa beauté,
Ou que n'a-t-il ma flamme ?

LE VERT-GALANT, aux dames.

Belles, si pour vous plaire et contre mon désir,
Je souffre quelque temps la vieille qui me presse,
Du moins quand j'aurai fait, rendez-moi le plaisir
D'avoir une jeune maîtresse.

LE VIEILLARD-AMOUREUX, aux dames.

Pourquoi faut-il que je devienne amant
Après mon an climatérique?

Je ne manquois pas de tourment,
Et c'étoit bien honnêtement
Du rhume et de la sciatique.
Il faut pourtant reconnoistre à mon tour
Le dieu que l'univers redoute,
Car pour se plaindre nuit et jour,
Il vaut mieux se plaindre d'amour
Que de la toux ni de la goutte.

LA JEUNE-COQUETTE, aux dames

Ce vieillard defunt desormais
M'aime d'une amour enragée,
Mes dames, vites-vous jamais
De coquette mieux partagée? ..
Vous qui refusez des galans
Et plus jeunes et plus aymables,
Puissiez-vous passer vostre temps
Avecque des galans semblables!

L'ENTREPRENEUR DE LA MASCARADE (qui seul ne danse point), aux dames.

Je ne danse ni bas ni haut,
Si vous remarquez mon défaut,
Examinez un peu les vostres:
Hélas! combien de fois vous peut-on accuser
Que vous ne voulez pas danser,
Et vous faites danser les autres!

DIALOGUE

PAR LEQUEL LA MASCARADE FINIT

LE VIEILLARD-AMOUREUX, à la Jeune-Coquette

Beauté digne du diadème,
Pourrois-je point vous enflammer ?
J'aime beaucoup et dois savoir aimer
Depuis quatre-vingts ans que j'aime.

LA JEUNE-COQUETTE, au Vieillard-Amoureux.

O le plus digne des amans!
Me voici tantost enflammée.
Oui, je vous aimerai quand vous m'aurez aimée
Encor quatre-vingts ans.

LA VIEILLE-AMOUREUSE, au Vert-Galant.

Berger, dans l'ennui qui me presse,
Ne veux-tu point me secourir?
Tu me verras bientôt mourir
D'amour ou de vieillesse.

LE VERT-GALANT, à la Vieille-Amoureuse

Non, vous avez trop de galans,
Je vous aimerois, je vous jure ;
Mais vous possédez, je m'assure
Plus de cœurs que de dents.

LA VIEILLE.

Nous aurions un plaisir extrême
Si tu m'aimois comme je t'aime,
Sans souci du tiers ni du quart.

LE VERT-GALANT.

Il est trop tard.

LA VIEILLE.

Pourquoi? Je ne suis point si laide.
Mes défauts auront leur remède
Avec un peu d'art et de fard.

LE VERT-GALANT.

Il est trop tard.

LA VIEILLE.

He! de grâce, apaise la flamme
Qui pour toi dévore mon âme ;
Viens, mon cœur, tirons-nous à part

LE VERT-GALANT.

Il est trop tard.

L'OCCASION.

Mes bonnes gens, trève de passion!
Il faut de meilleurs pieds, une meilleure vue,
Pour retrouver l'occasion
Après l'avoir perdue.

L'AMOUR.

Tous les plaisirs ont leur saison.
Aimez, mortels, mais en l'âge où l'on aime,
Que tout vous plaist, que vous plaisez vous-même,
Et qu'il est beau d'avoir moins de raison.

FIN.

TABLE DES MATIERES

LA JOURNÉE DES MADRIGAUX.

AUTRES MADRIGAUX.

VERS

FAITS EN SUITTE DE LA JOURNÉE DES MADRIGAUX.

LA GAZETTE DE TENDRE.

LE CARNAVAL DES PRÉTIEUSES.

Achevé d'imprimer pour la première fois
A Paris chez BONAVENTURE et DUCESSOIS, quai des Augustins, 55,
le premier mai MDCCCLVI

CATALOGUE

DU

TRESOR DES PIECES RARES OU INEDITES

ET DES AUTRES OUVRAGES

DU FONDS

D'AUGUSTE AUBRY

PARIS

CHEZ AUG. AUBRY, LIBRAIRE

RUE DAUPHINE, N. 16

M D CCC LVI

Le Trésor des pièces rares ou inédites.

Cette collection publiée avec le plus grand soin, format petit in-8, papier vergé, se composera de 20 volumes, dont le prix varie selon l'importance de l'ouvrage; elle est imprimée avec des caractères neufs, des lettres ornées et des fleurons dans le style du XVIe *siècle, gravés et fondus exprès.*

Sept volumes ont déjà paru.—Cinq autres sont sous presse.

Les cinq premiers volumes du Trésor des pièces rares ou inédites *ont été livrés brochés; à partir de ce jour ils sont mis en vente* soigneusement cartonnés en percaline anglaise, non rognés, *et* sans augmentation de prix.

MM. les Amateurs et Libraires pourront échanger gratis les volumes brochés *et* non coupés *contre des exemplaires cartonnés.*

Quant aux exemplaires coupés qui nous seront adressés franco, *nous nous chargeons de les faire cartonner moyennant* 75 *cent.*

Ces volumes sont tirés à petit nombre.

VOLUMES PUBLIÉS.

1° Ronsard (Œuvres inédites).
2° Description de la ville de Paris.
3° Les Loix de la galanterie.
4° Jeanne d'Arc.
5° Henri Baude.
6° Voyage en Russie. Expédition de Drake en Amérique.
7° La Ruelle mal assortie.

SOUS PRESSE :

8° Philobiblion.
9° Églises et Monastères de Paris.
10° La Journée des Madrigaux.

OEUVRES INEDITES

DE

P. DE RONSARD

GENTILHOMME VANDOSMOIS

Publiées par M. Prosper Blanchemain, de la société des Bibliophiles françois, bibliothécaire-adjoint au ministère de l'intérieur, ornées du portrait de Ronsard, de ses armoiries et du fac-simile de sa signature, gravés sur bois.

Un volume de 300 pages, imprimé avec luxe petit in-8°, in-folio et in-4°; il complète les éditions de Ronsard de 1586 à 1630.

Format de la collection (justification des éditions de Buon.).........	10
In-4° ou in-folio (tiré à quelques exemplaires).......	20
Papier de Chine (tiré à 4 exempl.)................	20
Papier de couleur (tiré à 10 exempl.).............	15

Bien que trois siècles se soient écoulés depuis la mort de Ronsard, il a encore été possible à un patient investigateur de retrouver des vers inédits du poëte favori de Charles IX. M. Blanchemain est parvenu à rassembler 17 pièces de vers, des lettres, des discours, entièrement inédits et qu'il a tirés des manuscrits de la bibliothèque Impériale. Une étude attentive des recueils contemporains lui a permis en outre de réunir 31 pièces de vers qui avaient échappé à tous les éditeurs précédents. Il y a joint 15 sonnets historiques attribués à Ronsard. Enfin la curieuse Vie du poëte par Guillaume Colletet, tirée d'un manuscrit de la bibliothèque du Louvre, une préface et des recherches bibliographiques entièrement nouvelles complètent ce curieux livre, supplément indispensable à toutes les éditions de Ronsard.

DESCRIPTION

DE LA

VILLE DE PARIS

AU XVe SIECLE

PAR GUILLEBERT DE METZ

Publiée pour la première fois d'après le manuscrit unique, et précédée d'une introduction, par M. Le Roux de Lincy. . . . . 5 »

Papier de Chine ou de couleur (quelques exempl.). 15 »

M. Le Roux de Lincy, en publiant le texte complet et fidèle du manuscrit de la Bibliothèque des ducs de Bourgogne, l'a enrichi de nombreuses notes, d'une notice préliminaire savamment élaborée sur les historiens de la ville de Paris du XIIe au XVIe siècle, et surtout de détails bibliographiques pleins d'intérêt sur l'ouvrage manuscrit de l'anonyme de Senlis, composé en 1322, et sur un autre opuscule analogue du XVe siècle. Les onze premiers chapitres de Guillebert de Metz sont copiés textuellement sur le commentaire joint par Raoul de Presles, à sa traduction de la *Cité de Dieu* de saint Augustin (1371-1375), et relatifs à la fondation de Paris; la matière des sept suivants est empruntée à différentes chroniques; le 19e renferme la liste des douze pairs de France, et ce n'est qu'au 20e (il y en a 30) que commence la partie vraiment originale et importante de l'ouvrage. La grande quantité des noms propres d'hommes et de lieux mentionnés tant dans l'introduction que dans le corps de l'ouvrage, ont engagé l'éditeur à y joindre une table analytique (pp. 87-102) qui facilite singulièrement les recherches.

LES

LOIX DE LA GALANTERIE

(1644)

Avec introduction et notes publiées par M. Lud. L.... 2 50

Réimpression fidèle d'un petit opuscule tiré du même recueil que la *Ruelle mal assortie*. Dans une très-courte préface l'éditeur M. Lud. Lalanne a établi une comparaison entre ce livre et le *Traité de la vie élégante* de Balzac. Il a de plus, dans quelques notes, démontré que le type du *Galant*, préconisé par l'auteur, est précisément le type du marquis ridiculisé par Molière, qui a fait plus d'un emprunt aux *Loix de la Galanterie*.

CHARLES DU LIS

OPUSCULES HISTORIQUES
RELATIFS A

JEANNE DARC

DITE

LA PUCELLE D'ORLEANS

NOUVELLE EDITION

PRÉCÉDÉE D'UNE NOTICE HISTORIQUE SUR L'AUTEUR
ACCOMPAGNÉE DE DIVERSES NOTES ET DÉVELOPPEMENTS
ET DE DEUX TABLEAUX GÉNÉALOGIQUES INÉDITS AVEC BLASONS.

PAR M. VALLET DE VIRIVILLE

Le volume contenant les opuscules de Charles du Lis relatifs à son illustre aïeule ou ancêtre, est assez connu des bibliophiles. Son prix, dans les ventes, varie de 40 à 100 fr. M. Vallet de Viriville réimprime tout ce que ce volume contient à proprement parler de renseignements historiques ; il y a joint des développements nouveaux et la plupart émanés de la même source. Tels sont divers tableaux, blasons et autres pièces généalogiques ou historiques provenant de Charles du Lis et conservés parmi les manuscrits de Peiresc à la bibliothèque de Carpentras.

Un volume. — Prix, 6 francs.

LES VERS

DE MAITRE

HENRI BAUDE

POETE DU XVe SIECLE

RECUEILLIS ET PUBLIÉS

PAR M. J. QUICHERAT

Recueil des meilleures poésies d'un élève de Villon, ignoré jusqu'à ces derniers temps, et qui a eu, comme son maître, des démêlés avec la police, mais seulement pour avoir mis de la politique dans ses vers. L'éditeur a publié de nombreux documents qui attestent les infortunes de Baude, après en avoir tiré la substance d'une curieuse biographie.

Un volume. — Prix, 5 francs.

MEMOIRE DV VOIAGE EN RVSSIE

Fait en 1586 par JEHAN SAUVAGE, Dieppois

suivi de l'expédition de DRAKE en Amérique à la même époque.

Publiés pour la première fois d'après les manuscrits de la bibliothèque Impériale, par M. Louis Lacour.......... 2 50

Le *Memoire du voyage en Russie* fait en 1586 par Jehan Sauvage, l'expédition de Fr. Drake en Amérique, publiés par M. Louis Lacour, sont de ces courtes notes que l'on cite quand on a l'espace libre, mais que l'on ne saurait abréger. Jean Sauvage, qui est un bon marin de Dieppe, écrit tranquillement son livre de bord, afin de servir de guide à qui voudra plus tard suivre la même route. L'amiral Drake part le 24 septembre 1585, avec vingt-deux navires et une barque; il raconte aussi tranquillement les villes qu'il brûle et les marchandises dont il s'empare sur les côtes de l'Amérique espagnole. Ce n'est pas de l'histoire, mais ce sont les témoignages vrais et vivants dont l'histoire même ne garde pas toujours bien la vérité ni la vie.

(*Moniteur universel*, 15 mai 1855.) Ed. Thierry.

LA

RVELLE MAL ASSORTIE

OU

Entretiens amoureux d'une dame éloquente avec un cavalier gascon plus beau de corps que d'esprit et qui a autant d'ignorance comme elle a de savoir; par *Marguerite de Valois*, avec une introduction et des notes, par M. Lud. L....... 2 50

Cette pièce, qui est certainement un des plus charmants morceaux de littérature galante que nous ait légués le XVIe siècle, avait été publiée par M. Guessard en 1842 à la suite des Mémoires de Marguerite de Valois, d'après un manuscrit de la Bibliothèque impériale. Mais le savant éditeur, qui la donnait comme inédite, ignorait qu'elle eût été publiée deux siècles avant lui dans un recueil fort rare de Charles Sorel. Cette première édition, que nous avons réimprimée fidèlement, diffère beaucoup de celle de M. Guessard. Le cavalier, entre autres, y parle dans ce patois franco-gascon dont le *baron de Fœneste* et certaines pièces de Molière nous offrent de curieux spécimens.

L'éditeur, M. Ludovic Lalanne, a fait précéder cette réimpression d'une préface où, en cherchant à deviner quel est le cavalier mis en scène par Marguerite, il a donné une liste assez longue (23) des amants de la princesse.

Sous presse pour paraître prochainement.

PHILOBIBLION

EXCELLENT

TRAITÉ SUR L'AMOUR DES LIVRES

PAR

RICHARD DE BURY,

ÉVÊQUE DE DURHAM, GRAND CHANCELIER D'ANGLETERRE,

Précédé d'une traduction française et accompagné de notes biographiques, bibliographiques et littéraires,

PAR

M. HIPPOLYTE COCHERIS,

Attaché à la bibliothèque Mazarine, membre de la Société impériale des antiquaires de France.

LES EGLISES

ET LES

MONASTERES DE PARIS

PIÈCES EN PROSE ET EN VERS

DES IXe, XIIIe ET XIVe SIÈCLES

PUBLIÉES AVEC NOTES ET PRÉFACE D'APRÈS LES MANUSCRITS

PAR M. H. L. BORDIER,

Membre de la Société impériale des Antiquaires de France.

On trouve dans ce volume : 1° Une réimpression des MONSTIERS DE PARIS, poëme datant de 1292 et publié en 1808 par Méon ; 2° Églises et Monastères de Paris en 1325, poëme inédit publié d'après un manuscrit de la Bibliothèque impériale ; 3° Un document inédit du IXe siècle donnant l'inventaire des terres possédées à Paris par l'abbaye de Saint-Maur ; 4° Églises et Monastères de Paris de 1325 à 1789 ; 5° État actuel des Eglises et Monastères de Paris.

LA JOURNEE DES MADRIGAUX

(EXTRAIT DES MANUSCRITS DE CONRARD)

Avec introduction et notes de M. **E. COLOMBEY**.

PUBLICATIONS DIVERSES.—ACQUISITIONS NOUVELLES.

Nouveau Traité historique et archéologique

DE LA VRAIE ET PARFAITE

SCIENCE DES ARMOIRIES

ARMORIAL GÉNÉRAL ET TRAITÉ COMPLET DU BLASON

Publié par M. le marquis **DE MAGNY,**

Chambellan intime (cameriere segreto) du feu pape Grégoire XVI
et de sa sainteté le pape Pie IX,
chambellan de S. A. I. et R. le grand-duc de Toscane,
commandeur et chevalier de plusieurs ordres, etc., etc., etc.

2 vol. gr. in-4° enrichis de plus de 1200 vignettes
et de plus de 2000 Armoiries coloriées.

Ce magnifique et splendide ouvrage est à la fois le *Traité du blason* le plus complet qui ait jamais été offert au public et l'*Armorial* le plus vaste, le plus brillant et le plus exact de la noblesse actuellement existante.

Il est publié avec un grand luxe typographique et illustré d'une foule de vignettes historiques, de lettres ornées, de sceaux, etc., et contient plus de 2,000 *écussons coloriés* parmi lesquels se trouvent les armoiries des royaumes et des souverains. Il donne en outre la description d'au moins 20,000 *armoiries* de familles françaises et étrangères.

Sommaire des principales matières contenues dans l'ouvrage.

De la Noblesse en général.— Origine et développement de la Noblesse française.— Des Armoiries et de leur origine.— Exposé élémentaire de la science héraldique.— Notices historiques et Armoiries des souverains du monde.— Armoiries parlantes et allusives.— Symboliques des Armoiries.— Armures.— Dictionnaire des termes du blason.— Répertoire général de tous les termes usités en armoiries, accompagnés chacun d'une dissertation spéciale, suivie de nombreux exemples, avec figures coloriées, pris dans les Armoiries de la noblesse de France et de l'étranger, etc., etc.; terminé par une table de plus de 4,000 noms de familles nobles qui figurent dans ledit ouvrage.

Le prix des deux volumes brochés, au lieu de 120 fr. . . 36 »

Richement reliés en demi-maroquin, tranche dorée,
avec ornements armoiriés sur les plats. . . . . 58 »

LES OEVVRES POÉTIQVES

DV

Sr VAVQVELIN DES-YVETEAVX

Publiées pour la première fois par M. Prosper BLANCHEMAIN (de Rouen),

Un beau volume in-8o, papier vergé de Hollande, avec le *portrait* du poëte, *ses armoiries* et le *fac-simile* de sa signature, dessinés et gravés par Alp. Boilly, précédé d'une notice sur la vie de Des-Yveteaux.

Tiré seulement à 300 exemplaires numérotés.

Papier vergé de Hollande, 274 exemplaires	8 fr.
Relié, dos et coins de maroq. (Capé.)	17
Relié, dos et coins de maroq. charbé tête dorée (Tripon.) . .	13
Grand papier vélin blanc, 15 exemplaires	14
Grand papier chamois, 9 exemplaires	16
Peau de vélin, 2 exemplaires. (Ne seront pas vendus.)	

Nota.— Dans les ex. rel. se trouve la notice de M. Rathery.

Ces poésies, qui n'ont jamais été réunies en corps d'ouvrage, méritaient d'être tirées de l'oubli : *l'Institution du prince, l'Epître et la Satyre à Philippes Des Portes, les vers sur la Mort de deux jeunes Enfants, etc., etc.*, sont des morceaux fort remarquables. Nombre de pièces composées pour être offertes par Henri IV à ses maîtresses ; des stances et des sonnets qui tiennent de la grâce de Des Portes et de la beauté de Malherbe ; la notice intéressante dont les poésies sont précédées, les pièces justificatives qui leur servent d'appendice et parmi lesquelles se trouve la curieuse satire contre Des-Yveteaux, intitulée : *Les Bastons rompus sur le vieil de la Montagne*, donnent à ce volume, édité avec le plus grand soin, et tiré à petit nombre, un intérêt qui le fera rechercher de tous les bibliophiles.

VAUQUELIN DES YVETEAUX

PAR E.-J.-B. RATHERY,

Bibliothécaire à la bibliothèque impériale du Louvre.

Brochure in-8o, tirée sur les mêmes papiers et dans le même goût que les Œuvres.	1	»
Papier vélin ou de couleur.	2	»

HISTOIRE DE FLERS

Ses seigneurs, son industrie, par le comte H. de La Ferrière. *Paris et Caen*, 1855, beau volume in-8o, figures et blasons.	5	» »
Dem.-rel. maroq.	6	50

JOURNAL DE LA COMTESSE DE SANZAI (Marg. de la Motte-Fouqué). Intérieur d'un château normand au xvie siècle, publié par le comte H. de la Ferrière. In-8o, papier vergé de Hollande, tiré à 200 ex. . . . . 3 »

BENVENUTO CELLINI. Traité de l'orfèvrerie, traduit de l'italien par Eug. Piot (extrait de l'ouvrage précédent) *Paris*, 1843. Br. gr. in-8°.. 3 50

(Quelques exemplaires seulement.)

DESCRIPTION DU DÉPARTEMENT DE L'OISE, par Cambry. *Paris*, 1803. 2 vol. in-8° br., et atlas in-fol. obl. de 45 planches gravées.. 15 »

Cet excellent ouvrage est devenu rare avec l'atlas.

MAXIMES et RÉFLEXIONS POLITIQUES, morales et religieuses d'un administrateur couronné qualifié du titre de philosophe bienfaisant, extraites des mémoires de Stanislas Leckzinski, roi de Pologne, mort en 1766. *A Parme*, de l'imprimerie de *Bodoni*, 1822, in-8°, grand papier vél... 2 50

POLYANTHEA ARCHÉOLOGIQUE, ou curiosités, raretés, bizarreries et singularités de l'histoire religieuse, civile, industrielle, artistique et littéraire, dans l'antiquité et les temps modernes, recueillies sur les monuments de tout genre et de tout âge, par T. de Jolimont, de l'Académie de Caen, de Dijon, etc. 3 brochures in 8° (tiré à petit nombre).

De l'usage de saluer ceux qui éternuent et de leur adresser des souhaits.. 1 »

Histoire des œufs. Œufs de Pâques, etc.............. 1 »

Monologie du mois d'avril. Poissons d'avril.......... 1 50

Les 3 broch. ensemble .... 3 »

NOTICE HISTORIQUE SUR LA VIE ET LES ŒUVRES DE JACQUES LE LIEUR, poëte normand du XVIe siècle, en son temps conseiller-échevin de la ville de Rouen, secrétaire et notaire du roi, etc., publiée, pour la première fois, par T. de Jolimont. In-8°.. 1 »

Jacques le Lieur, littérateur, poëte et magistrat, négligé jusqu'ici par tous les biographes, méritait d'être remis en lumière comme il l'a été par M. de Jolimont.

BALLET EN LANGAGE FORESIEN, de trois bergers et trois bergères se gaussant des amoureux qui nomment leur maîtresse, leur doux souvenir, leur belle pensée, leur lis, leur rose, leur œillet, etc.; par Marcellin Allard. Préface par M. Gust. Brunet.

In-12 allongé, tiré à 60 ex., pap. vél., portr. d'Allard d'après du Moustier.. 3 50

Papier de couleur (tiré à 8 exemplaires).............. 6 »»

Portrait de Marc. Allard seul........................ 1 50

d° sur Chine, grand papier.......................... 3 »»

LA PIEDMONTOIZE en vers Bressans, par Bernardin UCHARD, sieur de Moncepey, dédiée à Monseigneur de Lesdiguières, maréchal de France et gouverneur pour le roi en Dauphiné. Préface par M. Gustave BRUNET.

In-12 allongé, tiré à 60 exemplaires, papier vélin...... 5 »

Papier de couleur (tiré à 8 exemplaires).............. 8 »

JEAN PASSERAT. Chapitres inédits d'un de ses ouvrages établissant ses véritables opinions religieuses et pouvant servir de suite aux éditions de la *Satyre Ménippée*, précédés d'une Etude sur la vie de l'auteur, par L. Lacour. (Tirés à 60 ex.). Paris, 1856, br., in-8........................... 1 50

NOTICES et **EXTRAITS** des **DOCUMENTS** manuscrits, conservés dans les depôts publics de Paris relatifs à **L'HISTOIRE DE LA PICARDIE**, par Hipp. COCHERIS, archiviste-paléographe, attaché à la bibliothèque Mazarine, membre de la Société impériale des Antiquaires de France, etc. *Paris*, 1854, in-8° (tome Ier)........................... 9 »

Cet ouvrage aura quatre volumes.

Le deuxième volume est sous presse.

Le premier volume renferme les notices des documents sur Amiens, Beauvais, Boulogne, Compiègne, Clermont; les abbayes de Beaupré, Bucilly, Coincy, Corbie, etc., etc.

LE LIVRE DES MIRACLES DE NOTRE-DAME DE CHARTRES, écrit en vers, au XIIIe siècle, par Jehan LE MARCHANT; publié pour la première fois, avec une préface, un glossaire et des notes, par M. G. DUPLESSIS. 1855. Un beau volume in-8°, tiré à 300 ex., près de 400 pages, avec un fac-simile et 2 figures coloriées en or et en couleur par les procédés chromolithographiques.......................... 10 »

Il ne reste qu'un petit nombre d'exemplaires.

L'ADVOCACIE NOTRE-DAME, ou la Vierge Marie plaidant contre le Diable, poëme du XIVe siècle, en langue franco-normande, attribué à Jean de Justice, chantre et chanoine de Bayeux; extrait d'un manuscrit de la bibliothèque d'Evreux, par A. CHASSANT. In-12, pap. vergé, tiré à petit nombre. 2 50

Relié demi maroq., tête dorée.................. 4 »

RECHERCHES HISTORIQUES sur la commune de **SANTES,** par Théophile LE JOSNE DE L'ESPIERRE. *Lille et Paris,* 1855, in-8°, 5 planches........................... 2 »

—*Le même,* demi-reliure........................ 3 50

LES MASQUES NOIRS, ou le chirurgien de Bar-sur-Seine (1815), par M. Amédé AUFAUVRE. In-8°, pap. vergé superfin (tiré à 25 exemplaires)........................ 3 »

ÉVÊQUES D'ÉVREUX (Histoire des), par CHASSANT et SAUVAGE. 1846. In-12 br. (blasons d'armoiries) 2 fr., net. » 60

PARIS DÉMOLI, par Edouard FOURNIER. 2e édition revue et augmentée, précédée d'une introduction par Th. GAUTIER. 1855. In-18, jésus .... 3 »
Relié demi-maroq 4 25

Sous ce titre, M. Ed. Fournier a réussi à tracer d'une manière fort attachante l'histoire complète de chacune de ces rues de la grande ville, qui disparaissent chaque jour sous les coups réitérés du marteau municipal. De curieux détails historiques et anecdotiques sur les logis de Scarron, Boileau, l'amiral de Coligny et toutes les célébrités littéraires, artistiques et financières des dix-septième et dix-huitième siècles, prêtent à la lecture de ce livre le plus vif intérêt.

ITINÉRAIRE ARCHÉOLOGIQUE DE PARIS, par M. F. de Guilhermy, illustré de 15 gravures sur acier et de 22 vignettes sur bois, d'après les dessins de M. Ch. Fichot. *Paris*, 1855, in-12 de 400 pages .... 6 »

LA FLEURS DES CHANSONS. Les grans Chansons nouvelles qui sont en nombre cent et dix, ou est comprinse la chanson du roy, la chanson de Pavie, la chanson que le roy fist en Espaigne, la chanson de Romme, la chanson des Brunettes et Teremutu, et plusieurs aultres nouvelles chansons. Pet. in-8 goth. de 32 ff. fig. (Réimpr. figurée d'un recueil fort rare, à 200 ex.) Papier vergé 2 50

Ouvrages de M. Vallet de Viriville.

NOUVELLES RECHERCHES SUR LA FAMILLE ET LE NOM DE JEANNE DARC, accompagnées de tableaux généalogiques et de documents inédits, 1854, in-8o.... 2 »

ICONOGRAPHIE HISTORIQUE DE LA FRANCE, *notice d'un manuscrit* du XVe siècle, appartenant à la bibliothèque de Stuttgard, accompagnée de neuf portraits gravés d'après les originaux et représentant les divers souverains de la chrétienté à l'époque de Charles VII, roi de France. 1855, in-4o, fig. 5 »

RECHERCHES SUR HENRI BAUDE, poëte et prosateur du XVe siècle. 1853, in-8o .... 1 »

AGNÈS-SOREL. Etude morale et politique sur le XVe siècle, 1855, in-8o 2 50

Ouvrages de M. Leroux de Lincy.

CATALOGUE chronol. des imprimeurs et libraires du roy, par le Père Adry. 1849, in-8, pap de Holl.......... 2 »

INVENTAIRE des Livres composant la bibliothèque des seigneurs de Jaligny (6 juin 1413). *Paris*. 1844, br. in-8. » 60

RECHERCHES sur les propriétés et les habitants du palais des Termes et de l'hôtel de Cluny, de 1218 à 1600, br. in-8. 1 50

TENTATIVE de rapt commise par Regnault d'Azincourt sur une épicière de la rue St-Denis, en 1405, br. in-8 . » 75

INVENTAIRES des biens, meubles et immeubles de la comtesse Mahaut d'Artois, pillés par l'armée de son neveu, en 1313, br. in-8.............................. 4 »

COMPTE DES DÉPENSES faites par Charles V dans le château du Louvre. 1364 à 1368. *Paris*, 1852, br. in-8. » 75

LA BIBLIOTHÈQUE DE CHARLES D'ORLÉANS à son château de Blois, en 1427. *Paris*. 1843, in-8. *Épuisé* (3 ex.) 6 »

Il ne reste que peu d'exemplaires de ces brochures tirées à petit nombre.

Ouvrages de M. de Laquérière

RECHERCHES HISTORIQUES SUR LES ENSEIGNES des maisons particulières, suivies de quelques Inscriptions murales prises en divers lieux. 1852, in-8, figures, 3 fr. 50, net 2 50

Quelques exemplaires papier de Hollande............ 5 »

ESSAI SUR LES GIROUETTES, épis, crêtes et autres décorations des anciens combles et pignons. Enrichi de 8 *planches* gravées. 1846, in-8. 5 fr., net.................. 3 »

DESCRIPTION HISTORIQUE des maisons de Rouen les plus remarquables par leur décoration extérieure et par leur ancienneté, etc. 1841. Tome IIe. In-8, *figures*. 8 fr., net 6 »

Le tome Ier a paru en 1821.

Il ne reste qu'un petit nombre d'exemplaires.

Livre d'Heures

OU PRIÈRES ET OFFICES DE L'ÉGLISE

Illustrés d'après les manuscrits de la bibliothèque du Roi, par Mlle A. Guilbert. Publié sous la direction de M. l'abbé des Billiers, *Paris*, 1843, in-8°, sur papier vélin fort, collé et satiné. Prix net................................. 8 »

Relié en maroq. plein, tranche dorée, dent. intérieure. 16 »

Ce charmant volume, dont chaque page est ornée d'encadrements variés et lettres ornées, renferme en outre plusieurs jolies gravures tirées des plus beaux manuscrits des IXe au XVe siècles, des prières du mariage et de la première communion; il est propre à être offert dans une corbeille de noces, comme souvenir de première communion, ou à être donné en étrennes.

Il n'en reste qu'un petit nombre d'exemplaires.

Paris.—Imprimé chez Bonaventure et Ducessois, 55, quai des Augustins.

www.ingramcontent.com/pod-product-compliance
Ingram Content Group UK Ltd.
Pitfield, Milton Keynes, MK11 3LW, UK
UKHW021058260726
13994UKWH00002B/576

9 782329 376707